Ulrich Horstmann · Patzer

ULRICH HORSTMANN

Patzer

ROMAN

HAFFMANS VERLAG

Für Tompelka

Umschlagbild von
Nikolaus Heidelbach

1.–6. Tausend, Herbst 1990

Satz: Mühlberger, Augsburg
Herstellung: Ebner Ulm
ISBN 3 251 00165 5

I.

Ein Männlein steht im Walde, ganz still und stumm. Kalte Füße hat es auch. Das Männlein war ich.

Dabei hätten wir uns den Vormittag auch auf die warme und mollige Art vertreiben können, die seit der Erfindung des Federbetts nicht mehr auf den launischen mitteleuropäischen Sommer angewiesen ist. Aber nein. Bérénice stapfte lieber über den feuchten und modrigen Waldboden, und wenn ich nach dem Grund fragte, lachte sie. Dann schlängelte sich wieder dieser glitschige Salamander an meinem Rückgrat herunter, und die Wißbegier war wie weggeblasen.

Schließlich karrten sie um diese Jahreszeit ganze Busladungen in die verfärbten Forste, und sie sah sich die Leichenschminke von Mutter Natur eben nur etwas genauer an. Will sagen, sie rüttelte hier, zupfte dort und konnte gar nicht genug bekommen von den kleinen kunterbunten Chlorophyllkadavern. Ihre Sache, sagte ich mir, wäre da nicht noch diese Inbrunst gewesen, mit der sie den alltäglichsten Gegenständen auf den Leib rückte. Und die machte mich schon deshalb eifersüchtig, weil ich viel zu wenig davon abbekam. Dieses Blatt zum Beispiel, das da kokett an seinem Ast herumbaumelte. Es mochte ja ein Prachtexemplar sein mit seinen Gelb-, Rot- und Brauntönen, aber war das ein Grund, es eine halbe Ewigkeit anzustaunen wie einen Adonis und die ganze Welt darüber zu vergessen? Sind Menschen wie ich mit ihren kleinen Schwächen und bescheidenen Bedürfnissen etwa weniger wert? Warum konnte man solche Konzentrationsübungen nicht in den eigenen vier Wänden abwickeln? Es gab Bettbezüge in allen möglichen Ausführungen, und nach dem Dessin ›Indian Summer‹ würde die Verkäuferin wohl nicht lange suchen müssen. Ich hätte die Rechnung kommentarlos beglichen, wenn es damit getan gewesen wäre. War es aber nicht. Und warum? Weil sie ihren eigenen Kopf hatte, und davor wedelte dieses Blatt. Mir wurde unwirsch zumute.

Ich räusperte mich. Ich hüstelte. Ich hüpfte auf der Stelle, bis sich unter meinen Füßen zwei quatschende Vertiefungen gebildet hatten, aus denen das Wasser spritzte, wenn ich landete. Dann gab ich auf.

»Deine Uhr!«

»Wie bitte?«

»Die Uhr!«

Den Kasernenhofton wollte ich überhört haben.

»Wenn du wissen willst, was die Stunde geschlagen hat – bei mir gerade dreizehn. Wir verplempern hier in diesem Sumpf...«

Sie streifte mir den Ärmel zurück, löste das Uhrenarmband und gab mir einen Kuß. Erkläre das, wer kann, aber ich hielt still. Es hielt alles still um uns herum. Selbst die Böe war wie abgeschnitten; nichts regte sich. Nur die Fee nickte inmitten ihrer Dornröschenwelt immer wieder zustimmend mit dem Kopf.

Oder halt, sie nickte nicht nur, sie zählte auch. Leise und doch vernehmlich zählte sie die Sekunden, und zwar rückwärts. Jetzt war sie bei zwanzig, bei fünfzehn. Bei zehn blickte sie sich zugleich beunruhigt und erwartungsvoll um, zog durch die Nase Luft in die Lungen, als müßte das anstehende Ereignis schon im voraus einen verheißungsvollen Duft verströmen, pustete dann enttäuscht und die sieben überspringend.

Bei fünf schob sie ihre Hand nach oben, hielt aber während des Zugreifens inne, als bestünde das Blatt nicht aus verrottender organischer Substanz, sondern aus einem noch glühenden Metall. Die Finger näherten sich so weit an, wie es die Hitze zuzulassen schien, und zitterten fein, als sähe man sie durch das Wabern der über einer Esse aufsteigenden Luft.

»Drei, zwei, eins.«

Vielleicht besaß sie die Fingerfertigkeit von Zauberern oder Berufsspielern, der das Auge nicht folgen kann, vielleicht war der natürliche Augenblick der Abtrennung gekommen. Jedenfalls löste sich das Blatt genau zum vorherbestimmten Zeitpunkt, ohne daß ich eine Manipulation hätte erkennen können, und taumelte zu Boden.

Wie auf ein geheimes Kommando lief jetzt auch der Filmprojektor wieder an, und das Leben kehrte in die Welt zurück. Die Bäume rauschten wie gehabt, ein Eichelhäher strich schimpfend ab, in einem Gebüsch wütete etwas Pelziges wie ein Berserker, der Windstoß erreichte uns mit seiner zweiten Hälfte und riß das Blatt nach oben.

In der Luft einen Purzelbaum nach dem anderen schlagend, turnte es über die Lichtung davon, reagierte dann mit ein paar eiernden Pirouetten auf das Ende des Auftriebs und wäre mit der schütteren Wolke von ebenfalls Abgeblättertem zu Boden gegangen, hätte es in Kniehöhe nicht doch noch eine stabile Fluglage erreicht. Sie erlaubte es ihm, in kontrolliertem Sinkflug die anderthalb Meter zu überwinden, die es noch von der betonierten Rinne trennten, in der es gegen die Strömung einschwebte wie ein Flugboot. Die aufgeschwemmte Wasserschlange in dem vom Frost längst zersprengten und schon halb renaturierten Kanalbett trug es eilig davon.

»Das wär's. Meinetwegen können wir fahren.«

»Du willst mich wohl auf den Arm nehmen. Dieser dämliche Fetzen Kompost...«

»...wird die Welt verändern. In ein paar Stunden ist es vorbei mit den Selbstverständlichkeiten.«

»Da kann ich ja gleich den Anfang machen«, fuhr ich sie an, und es kümmerte mich keinen Deut, daß auf ihrer Stirn dicht an dicht die Schweißperlen standen.

II.

Ich bin nicht unbeherrscht, aber alles hat seine Grenzen. Und wenn man zum Beispiel stundenlang wie ein Ölgötze im Wald abgestellt wird und Zeuge werden muß, wie die eigene Freundin in den Beisetzungsfeierlichkeiten für ein abgetragenes Stück Herbstgarderobe aufgeht, während sich ihr Lebensgefährte den Tod holt, dann sind diese Grenzen überschritten. Also habe ich keinen Grund, etwas zu beschönigen oder zurückzunehmen.

Ich tobte, und das mit dem besten Gewissen der Welt. Es war, als wäre das Frettchen oder was immer dort unter dem Busch rumort hatte, in mich gefahren, weil seine urtümliche Wut den kleinen Körper überforderte und sich nur in einem viel mächtigeren und ungeschlachteren Leib ausrasen konnte. Ich schrie, ich schäumte, ich ruderte um sie herum wie Rumpelstilzchen um seine Feuerstelle. Und daß meine Kraftakte und Kraftausdrücke offenbar nicht den gewünschten Eindruck hinterließen, von Verängstigung gar nicht zu reden, brachte mich nur noch mehr in Rage.

Unter ihrem schamlosen Lächeln fiel mir wie von selbst eine ganze Choreographie des Veitstanzes zu. Ich sprang in die Bäume und riß das Laub händeweise herunter, um entweder darauf herumzutrampeln oder es auf ihren Kopf herunterflattern zu lassen. Ich sank vor einem abgeplatzten, von Gängen durchzogenen Rindenring in die Knie, streichelte den Ast, an dem das Blatt gesessen hatte, brach ihn im nächsten Augenblick herunter, zerstückelte ihn, indem ich mit sich überschlagender Stimme von zwanzig an rückwärts zählte, und bewarf sie mit den Überresten. Als ich dabei auch noch unversehens in dornige Fußangeln geriet, wurde mir schwarz vor Augen.

Ich erwachte in der randvollen Entwässerungsrinne, in der ich halb hockte, halb stand, mit beiden Händen alles hineinschaufelnd, was mir unter die Finger kam. Was ich in dem Intervall meiner geistigen Abwesenheit an Boden bewegt hatte, hätte einem Dachs zur Ehre gereicht, aber ich spürte, daß ich erst jetzt richtig in Schwung kam, und verdoppelte keuchend meine Anstrengungen.

»Was wird denn da unter die Erde gebracht?« fragte sie transusig.

Die Zicke, als ob sie nicht sehen könnte, daß ich nichts zuschüttete, sondern im Gegenteil ihrem Lieblingsblättchen eine ganze Laubarmada hinterherschickte, die es einkreisen und versenken würde.

»Was Sie da vergraben im Wald?«

Jetzt siezte sie mich auch schon, und wie der Wolf Kreide frißt, um seine Stimme weich zu machen, hatte sie vielleicht unter Zuhilfenahme einer Handvoll Hagebuttenkerne diesen Reibeiseneffekt erzeugt. Ich war erregt, bitte ich zu bedenken, da geht man bisweilen von falschen Voraussetzungen aus. Jedenfalls fuhr mir der Groll, den ich gegen sie hegte, in einer letzten Aufwallung bis in die Fingerspitzen, um sich dort mit der Empfindung des kühlen Bodens zu vermischen, der mir unter den Nägeln saß, und sich fast im selben Augenblick in seinen feinen Ausdünstungen zu verflüchtigen wie ein Tropfen Bitterstoff in einer Flut von Rosenöl. Sie war nun einmal sprunghaft und verspielt, und sie meinte es doch nicht böse. Ich spürte, wie mir warm wurde vor Versöhnlichkeit, und ich unternahm nichts dagegen, denn ich bin kein nachtragender Mensch. Vielmehr drehte ich mich um, entschlossen, sie diesmal mit ihren eigenen Waffen zu schlagen. Was hinderte mich schließlich, einfach auf ihre neue Marotte einzugehen und das Ein- und Ausgrabespiel in jenem Daunenbult fortzusetzen, wo ich mich schon meiner angegriffenen Gesundheit zuliebe möglichst bald kräftig auszuschwitzen gedachte.

Daß daraus nichts werden würde, erkannte ich unschwer und aus den Augenwinkeln. Sie hatte sich nämlich in drei Männer verwandelt, von denen zwei lange Metallstangen auf den Schultern balancierten, während der dritte sich mit einer Kettensäge abschleppte. Oder sie hatte sich nicht vermehrt, noch dazu unter Mißachtung der Geschlechtsunterschiede, sondern in Luft aufgelöst, was mit den Gesetzen des gesunden Menschenverstandes genauso unvereinbar war.

»Wo ist sie hin?« erkundigte ich mich folgerichtig.

»Wo ist – wer?« gab der mit der Kettensäge zurück, der wahrscheinlich schon deshalb im Trupp das große Wort führte, weil die beiden Mitläufer den Gebrauch ihrer Sprechwerkzeuge nach der einen oder anderen bitteren Erfahrung auf das Allernotwendigste beschränkt hatten.

»Meine Freundin.« Ich kletterte, mir mit demonstrativer Lässigkeit die Hände abklopfend, aus der Rinne, zog eilig die Socken hoch, die von Wasser trieften und wulstig über die Enkel gerutscht waren, und richtete mich auf. »Tintoretto-Gesicht, azurblaue Pumps«, wieso mir ausgerechnet ihre Schuhe in den Sinn kamen, weiß der Himmel, »feenhaftes Wesen.«

»Feenhaftes ...?« Auch der dritte Mann zählte nicht zu den Schnellmerkern. Wie man sich mit solchen Reaktionsspannen ans Bäumefällen wagen konnte, blieb mir verschlossen.

»Wesen! Ein Wesen wie eine Fee, verstehen Sie, wie ein Engel!«

Dem Wort Engel lauschte er hinterher, warf seinen Mitarbeitern einen vielsagenden Blick zu und nickte.

»Engelkes gifft et nich«, brachte der Hagere zusammen mit einer Wolke von Intimspray über die Lippen.

»Aber Engelmacher, Jupp«, erklärte sein fülliger Kollege, ließ die Stange bis in die Waagerechte nach vorn klappen, so daß sie wie eine in der Hüfte angelegte Lanze vorstach und auf meine Magengrube zeigte. Dort machte sich auf der Stelle ein pulsierendes Krampfen breit, das ich sonst ausschließlich bei Wiederkäuern vermutet hatte.

»Soll ich mal?«

Der Vorarbeiter setzte die Kettensäge ab. »Kann ja nicht schaden.«

Noch bevor ich aufbegehren und Einwände gegen die Gewalttat vorbringen konnte, war der pralle Wald- und Wiesenritter, ohne mir ein Härchen zu krümmen, scharf an meiner linken Flanke vorbeigestürmt, hatte am Rande des Halbkreises, den ich mit weit ausholenden Armbewegungen vom Laub freigewischt und mit den Fingern durchwalkt hatte, seine Stange aufgesetzt wie ein Stabhochspringer und hängte sich dann mit dem ganzen Gewicht seiner unasketischen Natur an den Spieß.

Der fuhr in den Boden wie in Butterkäse, wurde wieder herausgezogen, zwei, drei Zentimeter weiter erneut aufgesetzt, worauf sich das Spiel wiederholte. Jupp hatte seine Gerätschaften inzwischen in eine Astgabel gelehnt und beschäftigte sich damit, die Verpflegung auszuwickeln und zu inspizieren. Als seine Neugier befriedigt war, steckte er sich eine Butterbrotschnitte in den Mund und hielt mir eine zweite hin.

Mir war nicht nach Nahrungsaufnahme, aber ich wollte auch niemanden vor den Kopf stoßen und griff zu.

»Hoffentlich schmeckt sie, die Henkersmahlzeit«, sagte der auf der Säge, und mir blieb etwas im Halse stecken, was ich noch gar nicht heruntergeschluckt hatte.

»Hören Sie mal, ich habe ein reines Gewissen.«

Jupp mahlte rechts herum, ließ den Adamsapfel Fahrstuhl fahren, füllte nach, mahlte links herum.

»Aha. Aber es wurde Ihnen lästig auf die Dauer, und da haben Sie es da vorn verbuddelt, Ihr reines Gewissen.«

»Nichts habe ich.«

»Nichts... hat... er...« sagte der Dicke und zog bei jedem Wort die Sonde ein Stück weiter aus dem Boden.

»Was wollen Sie eigentlich von mir? Ich mache hier in aller Unschuld ein paar Übungen, und Sie tun so, als ob das ein Verbrechen wäre.«

»Moord«, prustete es mit ein paar Brotkrumen aus Jupps vollem Mund, »Moord un Daudschlag.«

»Eine unschöne Phantasie hat Ihr Kollege«, sagte ich zum Vorarbeiter. »Wahrscheinlich stimmt etwas mit seiner Ernährung nicht. Zuviel Ballaststoffe oder so. Ich gehe jetzt jedenfalls meine Freundin suchen.«

Ich drückte Jupp das Brot in die Hand, die passend leer geworden war, und marschierte los. Ein greller Pfiff ertönte. Ich ignorierte ihn. Es pfiff noch einmal, aber schließlich bin ich kein Hund. Etwas traf mich schmerzhaft am Hinterkopf und polterte zu Boden. Es gibt, auch auf die Gefahr hin, mich zu wiederholen, es gibt eine Grenze. Ich fuhr herum, um den Gegenstand aufzuheben und zurückzuschleudern, hielt aber in einer Haltung inne, die man als tiefen Diener bezeichnet.

Das, wovor ich mich verneigte, genießt im allgemeinen keine besondere Verehrung. Es war ein längst eingelaufener, an der Spitze sogar schon merklich abgewetzter azurblauer Damenschuh.

III.

Woher hatten sie den? Ihr war etwas zugestoßen. Bestimmt war ihr etwas zugestoßen. Mein Gott, war ich blind gewesen? Dieses dumpfe Trio von Hinterwäldlern hatte ihr etwas angetan, und jetzt wollten sie mir die Sache anhängen. Aber wieso stocherte der Dicke dann da herum? Sie suchten einen geeigneten Platz, um die Leiche verschwinden zu lassen, das war es. Lockeren Boden, der sich leicht bewegen ließ. Oder vielleicht hatten sie sie schon verscharrt, und es wurde für mich sondiert. Das war doch viel konsequenter als der Versuch, mich als Täter hinzustellen. Man ließ den einzigen Zeugen verschwinden. Das vereinfachte die Sache ungemein.

Statt die Beine in die Hand zu nehmen, stolperte ich im Kopf über tausend Vermutungen, und die Bedenkzeit war mehr als ausreichend, um mich dorthin zurückzustoßen, woher ich gekommen war, mir die Hände auf dem Rücken zusammenzubinden, mich auf die Motorsäge hinunterzudrücken und das Seil irgendwo an der Maschine zu verknoten.

Jupp erhielt Anweisung, den Grünzink zu holen, schob sich den Rest meiner Henkersmahlzeit zwischen die Zähne und stiefelte los. Wie ich mir aus den Halbsätzen, die sie auf Platt austauschten, leicht zusammenreimen konnte, handelte es sich bei dem so bezeichneten Werkzeug um ein Rindenschälmesser, das in zweckentfremdeter Weise bei ihren makaberen Ritualen Verwendung fand. Da wußte ich, was die Stunde geschlagen hatte. Waldsterben war angesagt.

Derweil schob ihr Anführer seine Mütze von einem Ohr auf das andere und ließ den Pumps mit dem Daumen ein paar Mal so ungeduldig hochwippen, wie das auch ihre Art gewesen war, wenn ich mich im Umgang mit der Welt oder meiner Geliebten wieder einmal zu begriffsstutzig angestellt hatte.

»Ein bißchen ordentlicher hätten Sie schon arbeiten können. Wer die Hälfte in der Gegend herumliegen läßt, der darf sich nicht wundern, daß die Sache auffliegt.«

»Ich merk's mir fürs nächste Mal.«

Aber Galgenhumor war bei ihm genauso fehl am Platz wie seine Kettensäge in einem Paragraphendschungel.

»Damit wird es nichts mehr. Aber unter uns«, er beugte sich zu mir herunter, »Sie sind doch kein blutiger Anfänger. Da kann man von seinen Erinnerungen zehren.«

»Das sagen Sie so.« Ich hatte nichts mehr zu verlieren. Vielleicht imponierten ihm ein paar ausgesuchte Scheußlichkeiten, oder ich konnte sonstwie Zeit gewinnen.

»Wer rastet, der rostet. Und außerdem ...«

»... überkommt es einen wie ein Zwang, habe ich recht?«

»Unsinn, ich arbeite nach kosmischen Rhythmen.«

Die Kinnlade fiel ihm herunter. Ich witterte meine Chance.

»Mondphasen. In Überlappung mit den Häufigkeitsschwankungen der Sonnenflecken.« Ein bißchen Hirnakrobatik gehört zu meinem Beruf, und das Zusammenleben mit Bérénice hatte auch seine Spuren hinterlassen.

»Sonnenflecken?«

»Allerdings.«

»Und das funktioniert?«

Ich zuckte mit den Schultern.

»Die Zukunft gehört dem raumgreifenden Verbrechen, der hochgerechneten Untat, dem mörderischen Kalkül. Bei meiner Spezialität handelt es sich allerdings bislang noch um Bescheideneres, eine Art Schachpartie, sage ich mal, bei der man es auf die Dame abgesehen hat. Das ist eine bewegliche Figur, nicht immer nur eins vor wie diese Bauern ...« Ich beobachtete ihn – Fehlanzeige, wie zu erwarten, »oder mal längs, mal quer wie ein Turm. Und je agiler, desto lieber sind sie mir, die Damen. Man muß ihre Gegenzüge einplanen, aber weil auf Ursache und Wirkung Verlaß ist und die Spielregeln feststehen, bekommt sie ein kalter Rechner doch auf genau das Feld, auf dem er sie haben möchte.«

»In«, fiel er mir ins Wort.

»Wie bitte?«

»In das Feld.«

Mit seiner Grammatik stand es auch nicht zum besten. Aber die Spanplattenplantage, in der er den lieben langen Tag herumholzte, war ja immer schon ohne Duden ausgekommen.

»War sie auch ... agil, diese Dame?«

»Und ob! Wie eine Eidechse in der Sonne. Stundenlang konnte sie daliegen ohne einen Mucks und verführerisch glänzen. Aber kaum wollte man zupacken, schwuppdiwupp, weg war sie. Und sie dachte um vier Ecken. So etwas ist mir noch nicht über den Weg gelaufen. Ein Naturtalent. Eine wahre Kausalitätshexe. Als ich ihr zum ersten Mal begegnete, war sie zum Beispiel gerade dabei, mit dem Einsatz einer einzigen Theaterkarte ...« Ich sah sie plötzlich wieder im Foyer stehen, die Theaterkasse im Rücken, die schon längst ihr Ausverkauft-Schild herausgehängt hatte. Den Kopf etwas zur Seite geneigt, die Karte störrisch in der kleinen Faust, aus der der Abrißabschnitt mit dem Vorstellungsdatum herausragte. »Verstehen Sie doch, Sie sind nicht der Richtige, ich kann sie Ihnen nicht geben.« – »Es muß Ihnen doch egal sein, wer kauft, solange Sie Ihren Preis bekommen.« – »Nein.« – »Hören Sie, Geschäft ist Geschäft, auch wenn mir die Nasenspitze eines Kunden ...« – »Setzen Sie sich mit Ihrer Nasenspitze auf die Bank dahinten. Ich zeig Ihnen, warum es nicht geht.« Sie lächelte. Es brach mir das Herz.

Nicht damals. Damals reagierte ich eher mit der Galle und gehorchte ihr doch wie ein ferngesteuertes Spielzeug. Jetzt spürte ich den Stich, als säße mir der Grünzink schon zwischen den Rippen. Denn dieser Klotz und seine beiden Kumpane hatten sie auf denkbar brutale Weise aus dem Spiel entfernt. Warum hatte sie ausgerechnet diese verhängnisvolle Begegnung nicht vorhergesehen, obwohl sie doch sonst sofort den Ariadnefaden durch die abstrusesten Irrgärten fand? Warum hatte sie das Abreißen der Ereigniskette, die ihr bestens vertraut und am teuersten sein mußte, der ihres eigenen Lebens nämlich, mit so sträflichem Leichtsinn herausgefordert? Oder hatte sie um die Unabänderlichkeit des Geschehens gewußt? War ihr schon unheimliches Geschick im Ausnutzen von Zufällen und dem Unterlaufen von Absehbarkeiten dort an eine letzte Grenze gestoßen, wo ihre eigene Existenz auf dem Spiel stand? Hatte sie vielleicht sogar bei dieser seltsamen Morgenandacht, deren Zeuge ich geworden war, von sich selbst Abschied genommen, ohne daß ich in meiner Engstirnigkeit auch nur ein Fünkchen Einfühlungsvermögen aufzubringen vermochte? »In ein paar Stunden ist es vorbei mit den Selbstverständlichkeiten«, hörte ich sie sagen. In ein paar Stunden? Die erste war noch nicht verstrichen, und schon war nichts mehr so, wie es sein sollte.

Warum sich anklammern, wehren, verbeißen? Wenn sie fort war, hatte ich hier auch nichts mehr verloren. So sah es aus. Mich überkam eine wundersame Ruhe dort auf dem abweisend kalten Metall der Säge, die Gleichgültigkeit, nein, die unberührbare Resignation des Opfers. Hatte sich meine Umwelt nicht jahrelang genauso verhalten wie dieses Gerät? War es nicht laut und erbarmungslos zugegangen, sobald etwas in Gang kam? Hatte diese Gesellschaft von Raffzähnen nicht alles niedergemacht, was ihr im Weg stand? Und weigerte sie sich etwa nicht ebenso beharrlich, Körpertemperatur anzunehmen und sich zu erwärmen wie der Motorblock unter mir? Nur in den letzten Monaten war es anders geworden. Plötzlich, als hätte jemand einen Schalter umgelegt. Und ich wußte auch, wer und warum. Ich wußte es schon, als ich ihr dort im Foyer zuschaute. Gleich, sagte mir damals eine innere Stimme, gleich erlebst du das, worauf du immer gewartet hast, den magischen Augenblick, die Verwandlung, das Aufscheinen jener märchenhaften Andersheit, mit der man doch wie selbstverständlich im Bunde ist. Und es passierte – nicht auf der Bühne, sondern vor verschrammten Schließfächern und auf einem Teppichboden, den ein Saboteur verlegt haben mußte, um dem erwartungsfrohen Publikum noch im Vorfeld die letzten Illusionen zu rauben.

Und jetzt, wo der Schalter in die alte Stellung zurückgeschnellt war, sollte ich mich auf dieses nichtswürdige Schauspiel einlassen und um mein Leben lügen, mich erniedrigen vor hirnlosen Komparsen und Statisten, die noch nicht einmal wußten, was sie angerichtet hatten? Nein, das durfte ich ihr nicht antun. Gradlinigkeit war ich ihrem Andenken schuldig und den schon lange überfälligen Beweis, daß ich eine Sache, die ich anpackte, auch mit Anstand zu Ende bringen konnte.

»Schluß mit den Frauengeschichten«, sagte ich und nahm die Schultern zurück, »Sie machen mir nichts vor. Das Versteckspiel können wir uns schenken. Ich bin bereit.«

»Dann zeigen Sie uns ...« Er unterbrach sich, denn der Sondierer fuchtelte mit den Armen und schrie etwas, was ich wegen seiner schweren Zunge erst bei der Wiederholung verstand. »Hier liegt sie«, sollte das heißen, »hier, halb unter dem Kanal. Über einen Meter tief hat er sich reingewühlt. Aber ich hab' sie. Ganz bestimmt. Hier hat er sie eingegraben.«

Ich sah, daß die Stange im Boden Widerstand gefunden hatte, und gleichzeitig war mir, als würde ein Spieß mit schweren Hammerschlägen erst durch meine Schädeldekke, dann durch Kopf, Hals und Rumpf getrieben. Die Ungeheuerlichkeit des Denkbaren pfählte mich. Was hatte sich in jenem Zeitraum ereignet, an den ich keine Erinnerung mehr besaß? Wie groß war er gewesen? Hatte sich meine Erregung am Ende so weit aufgeschaukelt, daß ich in blindwütiger Umnachtung zu einem Frevel fähig gewesen war, der mein Vorstellungsvermögen überforderte, nicht aber meine Tatkraft? Und hatte ich demnach auch keine Halsabschneider, sondern grundehrliche Leute vor mir, gesetzestreue Bürger, deren Aufmerksamkeit und Geistesgegenwart die rasche Aufklärung eines Kapitalverbrechens und die prompte Festsetzung des Täters zu verdanken war?

Der Strudel böser Ahnungen wirbelte mich herum. Eben drehten sich die Gedanken noch an der Bewußtseinsoberfläche im Kreis. Im nächsten Moment aber riß es sie auch schon hinab in die Unterwelt. Wasser schoß durch glattgeschmirgelte Stollen, gurgelte in Felsenkammern, zerschnitt sich über messerscharfen Graten, stürzte im Boden ins Bodenlose, zerschmetterte und zerstob.

IV.

Feuchte. Klamme Feuchte. Ausgemergelte Wände. Es tropfte, es rann, sammelte sich zwischen Ausgewaschenem, erhielt Zustrom von allen Seiten, stieg, schwoll, trat über. Wieder eine rasende Fahrt bergab unter ersten Helligkeitsblitzen. Unterspülte Baumwurzeln und Algenbesatz, dann die Nahtstelle von Geröll und Beton vor einem mitreißenden An-den-Tag-Treten.

Über der Lichtung mit ihrem Regenwasserkanal war die zerzauste Wolkendecke so fadenscheinig geworden, daß die Sonne jetzt wie ein in willkürlichen Abständen auf- und abgeblendeter Theaterscheinwerfer am Himmel stand. Aber ich hatte keine Muße, die Effekte der rasch wechselnden Beleuchtung auf mich wirken zu lassen, denn dicht vor meinem Gesicht wippte der Grünzink.

Er wippte und glitzerte. Wippen tat er zur Gänze, das Glitzern aber beschränkte sich auf ein paar kleine kreisrunde Teile.

Der Grünzink war zugeknöpft und auch sonst eine vorschriftsmäßige Erscheinung. Darüber hinaus handelte es sich bei ihm erstens um einen Hörfehler, zweitens um ein Mißverständnis und drittens um den Dorfpolizisten, den der Volksmund, wie ich später erfuhr, Grünfink getauft hatte, weil ihm die Kombination seines Hausnamens mit der Farbe der Uniformjacke regelmäßig Flügel verlieh.

»Na, wieder ansprechbar?« fragte er, nachdem er sich auf die Fußsohlen abgesenkt hatte und dort zum sicheren Stand gekommen war.

Ich nickte benommen.

»Können Sie sich ausweisen?«

»Nein, im Moment... doch, mein Führerschein ist im Wagen; er steht auf dem Parkplatz. Soll ich Sie hinbringen?«

»Ein heller Renault Espace?«

»Allerdings.«

»Angemeldet auf den Namen Steintaler?«

»Sterntaler. Aber woher wissen ...«

»Wir leben im Zeitalter des Sprechfunks, Herr Sterntaler.«

»Patzer, Malte-Laurenz Patzer. Der Wagen gehört meiner Freundin.«

»Sollten wir nicht besser sagen: gehörte?« Er hatte sein Notizbüchlein zugeklappt und wippte noch einmal nervös nach wie eine Bachstelze.

»Sie glauben doch nicht etwa dieses Ammenmärchen, das die drei sich da zusammengereimt ...«

»Eben hat er es noch zugegeben«, fiel mir der Vorarbeiter ins Wort und setzte dann, an den Polizisten gerichtet, hinzu: »Und gebrüstet hat er sich damit, daß die Dame nicht die erste war.«

»Ist ja gut, Arthur, reg dich nicht auf. Der rückt schon noch mit der Wahrheit heraus.«

»Soll das heißen, ich lüge?«

»Soll es, Herr Patzer.«

Ich hatte immer noch schlechte Karten, denn er stand ganz und gar auf ihrer Seite. Wahrscheinlich becherten sie einmal die Woche in der Dorfkneipe miteinander, und das Trio lieferte ihm das Kaminholz frei Haus und zu Erzeugerpreisen. Nicht einmal losbinden wollte er mich, bevor die Mordkommission eintraf, weil ich seines Wissens ja schon einen Fluchtversuch unternommen hatte.

Also warteten wir. Ich auf der Säge. Der Polizist neben einem von Schwämmen bedeckten Baumstumpf, auf dessen Schnittfläche, einer Zielscheibe aus Jahresringen, ihr Pumps dekoriert war. Die Männer etwas abseits, die Hände in den Taschen, Halbsatz für Halbsatz und Brokken für Brocken eine Unterhaltung vorantreibend, die nicht für meine Ohren bestimmt war.

Nachdem ich ein paar Minuten wie willenlos auf die Stange gestarrt hatte, die neben dem Graben und fast an der Peripherie des von mir freigewischten Areals noch immer im Boden stak, kam mir plötzlich die ganze Lächerlichkeit des Geschehens zu Bewußtsein. Es hatte nur deshalb die jetzigen grotesken Ausmaße annehmen können, weil ich mich von blinden Zufällen hatte überrumpeln lassen. »Malte, du verwirrst dich wieder«, war ihr Kommentar in solchen Situationen, und kopfschüttelnd rückte sie die Dinge zurecht. Auf ihre Art natürlich. Also ließ ich den Tippfehler, von dem sie so nachdrücklich erklärt hatte, daß es der richtige sei, durchgehen, parkte trotz der Anschwärzerei weiterhin auf dem Direktorendeck und leerte beim mühsam eingefädelten Arbeitsessen mein Rotweinglas pünktlich um 21.06 Uhr über Teller und Hose des Lizenzinhabers aus, von dem angeblich unser Wohl und Wehe beim Pubertätsmarketing abhing. Der Erfolg solcher mir eher selbstmörderisch vorkommenden Manöver gab ihr recht. Mein Aufstieg im Konzern, der eben noch im Begriff gewesen war, mich auf die Straße zu setzen, sorgte inzwischen für kollegiale Magengeschwüre, während ich nicht einmal mehr Sodbrennen bekam, wenn ich wegen der neuesten Einbrüche bei den Experimentierkästen zum Rapport bestellt wurde. Bérénice war mein Katastrophenschutz.

Diesmal aber mußte ich meinen Kopf mit Hilfe seines eigenen Interieurs aus der Schlinge ziehen, denn sie war nicht greifbar. Nicht, weil sie dort hinten unter der Erde gelegen hätte – dieses Hirngespinst verflüchtigte sich fast schneller, als es aufgetaucht war. Der Stab mußte auf Wurzelwerk, einen Stein, ein abgeplatztes Betonstück gestoßen sein, so einfach erklärte sich das. Bestimmt war sie meiner

Hommage an St. Vitus schon bald nach dem Aussetzen der höheren Speicherfunktionen überdrüssig geworden und mit dem festen Entschluß davongestapft, mir eine Lektion zu erteilen. Wie ich leider zugeben muß, handelte es sich dabei in unserer Beziehung keineswegs um einen beispiellosen Vorgang; im Gegenteil, als rückfälliger Besserwisser hatte ich schon zahlreiche solcher Schulungen hinter mir, wenn die Unterrichtsintensität auch heute besonders hoch ausfiel.

»Herr Wachtmeister!«

Er blickte aus den Augenwinkeln zu mir herunter, ohne seine Körperhaltung zu verändern.

»Ich möchte den Vorfall aufklären.«

Jetzt drehte sich auch der Kopf, bis die Pupillen wieder zentriert waren. Aus der Innentasche seines Uniformrocks tauchte das Notizbuch auf, in das noch beim schwungvollen Herausziehen der Daumen fuhr, so daß er es am Ende der Bewegungskurve aufgeschlagen in der Hand hielt. Dann wechselte es in die linke hinüber, während die rechte noch einmal unter den Stoff langte und einen Kugelschreiber zutage förderte, wie ihn Bausparkassen unter ihre Kunden zu verteilen pflegen.

»Wann ist die Sache denn zuteilungsreif?«

»Das muß die Staatsanwaltschaft entscheiden, aber wenn Sie voll geständig sind ...«

»Ihr Bausparvertrag«, berichtigte ich das Mißverständnis und wies kopfnickend auf sein Schreibgerät.

»Ach so; längst passiert. Dieses Wochenende sind wir mit dem Keller raus ...«

»... und zum fünfzehnten ziehen wir die zweite Decke ein«, ergänzte der Dicke, der, wie mir die Handhabung der Stange bewies, bestimmt auch mit einem Betonverdichter umgehen konnte.

»Selbsthilfe, verstehe. Und die ganze Nachbarschaft packt mit an. Eine Hand wäscht die andere.«

Die Amtsperson zog die Augenbrauen hoch.

»Eben«, sagte der Vorarbeiter, und Jupp blies die Backen auf und nickte ernst. »Jau, dat doot wi. Un sinn ohne graute Quaterigge vanaff.«

»Können wir jetzt mit Ihrer Selbsthilfe beginnen, Herr Patzer?«

»Jederzeit.«

»Vorname des Opfers?«

»Himmel noch eins, ich will Ihnen doch gerade klarmachen...«

»Vorname Ihrer Freundin?«

»Bérénice. Soll ich buchstabieren?«

»Danke, ich bin Amateurastronom.«

»Aha, und was hat das mit meiner Freundin zu tun?«

»Coma Berenices, Haar der Bérénice. Sternbild neben der Jungfrau.«

Neben der Jungfrau – ich war sprachlos über soviel Menschenkenntnis in den Tiefen des Alls. Aber der Grünfink ließ mir keine Zeit zum Nachdenken.

»Bérénice Sterntaler also. Geburtsdatum?«

»Wenn ich das wüßte.«

»Das Geburtsdatum Ihrer Freundin ist Ihnen nicht bekannt?« vergewisserte er sich ungläubig, so daß der Sondierer ihn daran erinnerte, daß Hackebeil-Haarmann sich damals die vielen Zahlen bestimmt auch nicht alle habe merken können. Das verletzte mich, und also ließ ich sie über die ganz banalen Gründe im unklaren. Bérénice, die ich noch kein halbes Jahr kannte, hatte mich nämlich immer vertröstet, wenn die Rede auf dieses Thema kam, und sich mit dem Satz aus der Affäre gezogen: »Keine Angst, ich werde dir schon sagen, wenn es was zu feiern gibt.« Als ich mich einmal nicht mehr damit zufriedengeben wollte, reagierte sie ungehalten, und da ich gerade auf der Bettkante ihre Schulter massierte, hielt ich es für geboten, meine Neugier zumindest in dieser Beziehung zu zügeln.

»Alter?«

»Um die dreißig.«

Diesmal hatte er sich im Griff und blickte nicht einmal mehr auf.

»Unter diesen Voraussetzungen können wir auf die Personenbeschreibung ja getrost verzichten und gleich zum Tathergang ...«

»Tintenwetter-Gesicht, azurblaue Pumps, feenhaftes Wesen, het he seggt«, petzte Jupp.

»Was für ein Wetter?«

»Ich habe da noch eine Kleinigkeit nachzutragen«, verlautbarte ich.

»Und die wäre?« hakte der Wachtmeister nach.

»Achtundachtzig, vierundachtzig, nullsechs.«

»Sind das die Körpermaße?«

»Das ist ihre Telefonnummer, und wenn Sie möchten, daß Ihnen die Ohren klingeln, dann stellen Sie ihr diese Frage am Apparat doch einfach nochmal.«

»Kein Anschluß unter dieser Nummer«, meinte der Dicke und spuckte versonnen in ein Astloch.

»Von wegen kein Anschluß. Hier ist nämlich außer einer kleinen Meinungsverschiedenheit nicht das Geringste vorgefallen. Folglich ist sie längst auf dem Weg nach Hause, wird alles bezeugen und bestätigen, sobald sie dort angekommen ist, und wir fünf ...« Ich setzte zu einer weitausholenden Geste der Verbrüderung an, scheiterte aber an meinen Fesseln, »wir verabreden uns für heute abend im Dorfkrug, ordern ein paar Runden und setzen in aller Gemütlichkeit die Anzeige wegen Freiheitsberaubung und Körperverletzung auf und, wenn wir dann noch Lust haben, die Dienstaufsichtsbeschwerde an den Polizeidirektor gleich mit.«

V.

Die Drohung hätte ich mir sparen können und den Versuch, die Ereignisse auf den Boden der Tatsachen zurückzuholen, nicht minder.

Eine Viertelstunde später erschienen drei Herren von der Mordkommission in einem geländegängigen Fahrzeug, hievten eine gewichtige Kiste heraus, deren Inhalt wohl der Spurensicherung diente, und begannen das Frage- und Antwortspiel von vorn. Ich nannte noch einmal Telefonnummer und Anschrift. Sie versprachen, die Angaben unverzüglich zu überprüfen, hatten dann aber alle Hände voll mit der Einweisung eines Trupps Bereitschaftspolizisten zu tun, die im Laufschritt am Tatort eintrafen.

Den Beamten wurde eingeschärft, die überall sichtbaren Spuren des Kampfes nicht zu verwischen, um deren Verewigung sich unterdessen das kamerabewehrte Kommissionsmitglied bemühte, das es vorwiegend auf die von mir entlaubten und heruntergebrochenen Äste sowie das angebliche Bestattungsgelände abgesehen hatte. Dann schwärmte der Großteil der Männer aus, während zwei, Spaten bei Fuß, neben der Betonrinne darauf warteten, daß der Fotograf seine Arbeit beendete.

Ich war in dieser betriebsamen Umgebung ein Störfaktor, ein inzwischen mit Handschellen versehenes und in den Jeep verfrachtetes Abstraktum, das in den Akten später unter der Bezeichnung ›der Täter‹ geführt werden würde. Als solches blieb mir keine andere Wahl, als zuzusehen und zu registrieren. Ich beobachtete zum Beispiel, wie der Grünfink beim Hauptkommissar Bericht erstattete, der erst ein paar Mal energisch an seinem Ohrläppchen zupfte, ihn dann aber noch während des Vortrags mit Kopfnicken und anderen zustimmenden Gesten bedachte. Später wurde der Kreis um die drei Waldarbeiter erweitert, von denen sich über weite Strecken nur Arthur sprachlich mitteilte, während die beiden anderen eher spärlich kommentierte Pantomimen aufführten. Der Dicke sondierte mit einer unsichtbaren Stange, Jupp fand einen Gegenstand auf dem Waldboden und imitierte dann irgendein verängstigtes Tier, das hastig einen Bau aushob. Was diese Miniatur aus der freien Wildbahn zur Aufklärung eines Falls beitragen sollte, der keiner war, blieb mir rätselhaft.

Nach Ende der Vorstellung gab es ein nochmaliges Ohrgezupfe nebst mehrerer Rückfragen. Anschließend entspannte sich die Atmosphäre. Es kam sogar so weit, daß der Kommissar eine Zigarilloschachtel herumreichte und gegen Ende des Tabakkollegs die gestikulierende Ausdrucksform der beiden Zeugen übernahm. Den rauchenden Stummel zwischen den Lippen wies er auf die Wagenreifen und auf die Füße der noch immer wartenden zwei Bereitschaftspolizisten, ging in die Knie und fuhr mit der Hand eine unsichtbare, sich vielleicht in zehn Zentimeter Höhe ausbreitende Ebene ab. Dieses Phantom löste bei Arthur zuerst Beunruhigung, dann die exakte Nachahmung der Geste und schließlich die Formulierung mehrerer an Jupp gerichteter Anweisungen aus. Der verließ die Runde, zog seine Stange aus der Astgabel und montierte den Zwillingshaken, der ihm wie ein im Angriff erstarrtes Schlangenpaar vom Gürtel hing. Dann stiefelte er davon, wobei er zweimal von den Bereitschaftspolizisten, die gesenkten Hauptes das Waldstück durchkämmten, angerufen und umdirigiert wurde.

Wenig später trennten sich auch die verbliebenen vier Gesprächspartner, und die beiden Waldarbeiter gingen zu dem Halbrund entblößten Bodens hinüber. Dort hatte der Fotograf seine Arbeit beendet, und die beiden jungen Beamten setzten eben ihre Spaten an. Sie gruben behutsam und ohne Hast, den Aushub breit hinter sich verteilend und nach Fundstücken oder Indizien Ausschau haltend.

Der Grünfink und sein Vorgesetzter näherten sich unterdessen dem Jeep, so daß ich zuerst nur Gesprächsfetzen, dann aber den Rest der Unterhaltung mitbekam.

»... behelfsweise für ...«

»... Dorfjugend über die Stränge ...«

»... weil ich ihn vielleicht noch ...«

»... den Wagen mit dem Fahrer zurück.«

»Richtig. Ach ja, und setzen Sie den Arzt mit rein. Oder gibt es bei Ihnen keinen mehr? Man hört ja schlimme Geschichten über die medizinische Versorgung auf dem Land.«

»Nicht bei uns. Wir haben gleich drei, und einen davon schicke ich Ihnen postwendend.«

»Schön. Alles andere dann wie besprochen.«

Der Vorgesetzte winkte einem der Bereitschaftspolizisten, der sich eben mit in die Hüfte gestemmten Händen aufgerichtet hatte, um sein von der vornübergebeugten Suche strapaziertes Rückgrat zu entlasten. Er erklärte dem Mann, was er zu tun habe, gab ihm den Autoschlüssel, wandte sich mit einem leichten Kopfnicken an die Adresse Grünfinks von uns ab und steuerte dann mit raumgreifenden Schritten seinerseits auf den Grabungsort zu.

Der Fahrer stieg ein. Der Grünfink warf noch einen prüfenden Blick auf meine Handschellen, bevor er sich auf den Beifahrersitz schwang. »Kann losgehen«, sagte er dann, und schon schnarrte der Anlasser, sprang der Motor an, setzte sich unser Gefährt wiegend und schaukelnd in Bewegung.

Unter den Rädern schmatzte der aufgeweichte Boden, und in unregelmäßigen Abständen zerknackten Zweige und Äste. Ich drehte mich auf der Rückbank halb nach hinten. Die sonnige Lichtung mit ihren emsigen Besuchern wurde kleiner und kleiner, wie die Bühne eines Amphitheaters für jemanden schrumpft, der zwischen den Rängen und Sitzreihen nach oben steigt. Der Jeep kletterte den Hang in den Profilstiegen jener Spur wieder hinauf, die er bei der Ankunft hinterlassen hatte, bog dann rechts in einen nur behelfsmäßig befestigten Waldweg ein und nahm auf der jetzt abschüssigen Strecke so rasch Fahrt auf, daß der Polizist erst vom Gas gehen und dann mehrmals die Bremse betätigen mußte. Die Stöße ließen uns mal halb schwerelos über der Polsterung schweben, mal preßten sie uns tief in die aufquietschende Sitzfederung.

Ich war froh, als wir die letzte scharfe Kehre vor dem Picknickgelände hinter uns hatten und die Asphaltzunge erreichten, die der Parkplatz ein Stück weit zwischen die Bäume und das Buschwerk in den Forst hineinschob und von der wiederum die Zugänge zu den einzelnen Rast- und Grillplätzen abzweigten. Mit halbgeschlossenen Augen genoß ich das jetzt fast erschütterungsfreie Dahinrollen, spürte die leichte Querbeschleunigung, vernahm dann ein feines Platschen und Spritzen, das in Sekundenschnelle zu sintflutartigem Rauschen anschwoll, während der Wagen vorn abtauchte, eine Wasserwand über der Motorhaube emporstieg und auch schon schlammig-trüb gegen die Windschutzscheibe klatschte.

»Prima Stapellauf«, sagte der Grünfink, wischte sich die Spritzer aus dem Gesicht und drehte das Seitenfenster nach oben, um sich vor einer Wiederholung der unliebsamen Überraschung zu schützen.

Dem Fahrer war seine Ungeschicklichkeit peinlich. »Tut mir leid«, hörte ich ihn antworten, »da muß was unterspült worden sein.«

Inzwischen hatte er den Geländewagen hinter dem Trog, der sich in der Fahrbahn gebildet hatte, zum Stehen gebracht und die Scheibenwischer in Gang gesetzt. Vor uns erstreckte sich ein flacher See, der Dreiviertel des Parkplatzes bedeckte und von dem heute in aller Herrgottsfrühe, als ich mit Bérénice eintraf, noch nicht einmal eine Lache zu sehen gewesen war. Ihr Espace stand als blecherner Pfahlbau mitten in den Fluten, die dort allerdings kaum höher als bis zu den Radkappen reichten. Daneben gab es noch zwei weitere Inseln. Erstens eine Art Transformatorenhäuschen, das ausgerechnet an der tiefsten Stelle des Geländes errichtet worden war und bis zur Unterkante des auf der Metalltür angebrachten grellgelben Verbotsschildes unter Wasser stand. Und zweitens Jupp.

Wie ein auf seine Stange gestützter Christophorus war er zu der mannshohen Röhre am Ende des Stausees gewatet und stocherte und rührte mit dem aufgesteckten Doppelhaken darin herum. Während er das bunte Gemisch von Zivilisationsmüll, Geäst und verbackenem Laubwerk, das den Abfluß blockierte, gleich ballenweise ans Tageslicht beförderte, kroch unser Wagen wie ein quer über die Wasserfläche driftendes Reptil der Ausfahrt entgegen. Schließlich erreichten wir die erhöhte Trasse der Bundesstraße und bogen auf. Schräg an der gegenüberliegenden Böschung hing mit nur halb eingerasteter Fahrertür und pulsierender Warnblinkanlage der Kleinbus der Einsatztruppe.

Während der kaum zehnminütigen Fahrt nach Bergisch Hall hielt ich eifrig nach allen Seiten Ausschau, weil sie barfuß oder mit einem Schuh sicher nicht allzu schnell vorangekommen war. Aber wir überholten nur einen Traktor und eine Schulklasse von Zehn- bis Elfjährigen – im Hausjargon Zielgruppe D –, die sich abgekämpft und zu einem Lindwurm zerdehnt auf die im Ort befindliche Jugendherberge zubewegte.

In Höhe des Führungsduos zog der Wagen scharf nach rechts, als hätte er es auf die beiden jungen Burschen abgesehen. Aber diesmal reagierte der Fahrer prompt, steuerte gegen und brachte den Jeep mit um die Felge waberndem Vorderreifen sicher zum Stehen.

Wie auf ein magisches Signal hin fiel die Müdigkeit von den Kindern ab, und im Nu umlagerte uns ein Pulk kichernder und schwatzender Teenies, die von den beiden Aufsichtspersonen keine Notiz mehr nahmen und ihre Aufmerksamkeit vergeblich zwischen dem Radwechsel und meinen Handschellen aufzuteilen versuchten.

VI.

Die Polizeistation lag im ersten Stock über einer Videothek, deren Besitzer sich rückhaltlos den Wiedergängern, Zombies und Untoten verschrieben hatte. Selbst vor den Plakaten machte diese Leidenschaft nicht halt, denn sie priesen nicht nur die entsprechenden Streifen an, sondern sahen selbst so bleich und mitgenommen aus, als hätten sie mehrere Jahre des lebendig Begrabenseins hinter sich.

Der Grünfink hatte inzwischen einen Arzt unterrichtet und den Fahrer, der ihn abholen sollte, auf den Weg geschickt. Jetzt saßen wir uns in seinem Büro gegenüber und aßen Pommes frites, die er aus der Imbißstube gegenüber hatte heraufbringen lassen. Meine linke Hand war mit den Handschellen an die Stuhllehne gefesselt, so daß ich die kleine Plastikharpune, die die Gabel ersetzte, ungehindert einstechen und zum Mund führen konnte. Trotzdem brauchte er nicht einmal die Hälfte der Zeit, um seine Pappschachtel zu leeren. Er wischte sich den Mund sorgfältig an der mitgelieferten Papierserviette ab und lehnte sich zurück, während ich weiter vor mich hin forkelte.

»Achtundachtzig, vierundachtzig, nullsechs – richtig?« fragte er und hob den Telefonhörer ab.

Ich nickte. Er ließ es solange durchläuten, bis die Post die Verbindung kappte. Seltsamerweise war ich nicht einmal enttäuscht.

»Sehen Sie, niemand zu Hause.«

»Sie wird noch unterwegs sein. Schließlich hat sie das Auto stehenlassen.«

»Aber die Schlüssel mitgenommen. Seltsam, finden Sie nicht?«

Hätte er sie gekannt, wäre er mit diesem Wort vorsichtiger umgegangen, soviel war sicher. Ich hätte ihm, ohne viel nachzudenken, mehr Seltsamkeiten an ihr aufzählen können, als er Kartoffelstäbchen in den Mund geschoben hatte. Aber in seinen Augen war ich ohnehin ein notorischer Lügner, und man muß die Leute, die einem nicht grün sind, ja nicht noch zusätzlich in ihrer Meinung bestätigen.

Statt dessen sagte ich etwas, das er mir schon deshalb glauben würde, weil sich die Verdächtigen in Kriminalfilmen damit regelmäßig nur noch verdächtiger machen.

»Ich möchte einen Anwalt sprechen. Wenn ich mich nicht irre, habe ich ein Recht auf juristischen Beistand.«

»Mit gewissen Einschränkungen.«

»Wieso das?«

»Weil die meisten Kanzleien um diese Zeit längst geschlossen haben. Aber wenn Sie es trotzdem versuchen wollen, bitte sehr.«

Mir fiel nur ein Spezialist für Patentrecht ein, mit dem ich beruflich ab und an zu tun hatte. Aber vielleicht konnte er mich an jemanden weiterempfehlen, der sein Brot nicht mit der Ausschlachtung von Erfindungen, sondern mit der Verniedlichung von Bluttaten verdiente. Mein Bekannter hatte seine Praxis in Duisburg; der Grünfink ließ sich die Nummer von der Auskunft geben und wählte sie an.

Die Sekretärin meldete sich. Der Grünfink fragte nach ihrem Chef, erhielt aber offenbar eine ausweichende Antwort, so daß er mir den Hörer herüberreichte.

»Patzer. Bestimmt hatten wir schon miteinander zu tun. Ich kümmere mich bei LOO-DO Toys um die Lizenzen und Ideen-Akquisition und...« Am anderen Ende ein Rumpeln und unterdrücktes Stimmengewirr wie bei Telefonaten in die Dritte Welt.

»Malte, du verwirrst dich wieder«, sagte Bérénice darüber hin.

Ich fuhr hoch wie von der Tarantel gestochen und stieß dabei den Stuhl um, der an der Metallkette unter meinem linken Handgelenk herumschwang und mir mit der Lehne gegen das Schienbein prallte. Der Bluterguß war mir sicher.

»Hör mal«, japste ich endlich, meine Erregung und den Schmerz mühsam überspielend, »ich sitze hier ganz schön in der Bredouille.«

»Werden Sie immer gleich so vertraulich, Herr Patzer?« tönte es nicht länger fiepsig zurück wie aus Feuerland, Mafeking oder Gdansk, »oder haben Sie getrunken?«

»Vielleicht war was mit den Pommes«, sagte ich.

»Ich kann Sie im Augenblick leider nicht durchstellen, weil Herr...«

Ich gab den Hörer zurück.

»Scheint sich erledigt zu haben«, sagte der Grünfink, »vielen Dank«, und legte auf.

Ich brachte den Stuhl auf die Beine, plazierte ihn vor dem Schreibtisch wie gehabt, ging, die Kette mit dem ausgestreckten linken Arm verlängernd, um ihn herum, setzte mich und betastete meine Prellung.

»Also?« meldete er sich nach einer Weile. »Möchten Sie, daß ich es anderswo versuche?«

»Wenn man unschuldig ist, braucht man keinen Anwalt«, parierte ich und schüttete mir den Rest der Pommes frites direkt aus der Schachtel in den Mund.

VII.

Ich hatte keine zwei Minuten gesessen, als ein junger Mann durch den Eingang stürzte, auf die Kasse zueilte, stutzte und solange vor dem Schild stehenblieb, als müsse er es sich vorbuchstabieren. Sie wies mit den Augen auf ihn und nickte mir zu.

Die Klingel, die den Beginn der Vorstellung ankündigte, läutete zum ersten Mal. Die Türen begannen eine Art Sog auf die Menschenmoleküle im Foyer auszuüben, als wären in einem Entwässerungssystem die Schieber und Sperren geöffnet worden. Der junge Mann trudelte in diesem Strom etliche Male um seine eigene Achse, bis er Bérénice entdeckte, auf die er wie ein Schiffbrüchiger zuruderte. Im Handumdrehen war der Handel abgewickelt, es klingelte zum zweiten Mal, er warf ihr noch eine Kußhand zu, dann spülte es das leuchtende Gesicht an der Platzanweiserin vorbei in die andere Welt.

Bérénice stieg aus der letzten Welle des Premierenpublikums wie aus einem abebbenden Meer und setzte sich zu mir auf die Bank. Wortlos sahen wir zu, wie nach dem dritten Signal auch noch die übriggebliebenen Tropfen, die sich etwas auf ihre Individualität zugute hielten und der Vermassung mit ostentativer Rückständigkeit begegneten, lustwandelnd und plaudernd die Schleusen passierten, die sich wie aufwischend hinter ihnen schlossen. Ehe ich mich's versah, war ich allein mit einer Fremden – und dem Teppichboden, dessen ruinöses Muster sie mit der Schuhspitze nachzeichnete.

»Haben Sie jetzt begriffen?« fragte sie mich aufblickend, während ihr Fuß der wirren Linienführung noch einmal auswendig und mit der Präzision eines Automaten folgte.

»Ehrlich gesagt, nein. Es sei denn, dieser jugendliche

Überschwang war der Grund, die blinde Begeisterungsfähigkeit, der es völlig gleichgültig ist, wo sie sich festsaugt.«

»Sind Sie da abgeklärter?«

Ich zuckte mit den Schultern. »In meinem Alter erwartet man keine Wunder mehr, nicht einmal auf dem Theater.«

»Aber er wird sich ein Leben lang an diesen Abend erinnern.«

»Da hätte er viel zu tun.«

»Ich fürchte nicht.«

»Wieso?«

»Übermorgen liegt er auf der Intensivstation und in einer Woche auf dem Friedhof.«

Ich spürte zum ersten Mal den unterkühlten Salamander zwischen den Schulterblättern. Die absolute Ungeniertheit, mit der sie dem Schicksal in die Karten sah, und der Brustton der Überzeugung, in dem sie anschließend wildfremde Menschen ins Jenseits verschickte, war entweder eine schauspielerische Glanzleistung oder die Ausgeburt eines kranken Gehirns. Kaum ging mir die Alternative durch den Kopf, hatte ich mich auch schon entschieden.

»Gut möglich. Wahrscheinlich holt er sich heute abend vor lauter Verzückung einen Herzkasperl oder die wundgeklatschten Hände entzünden sich und ...«

»Er ist Bluter. Übermorgen war er noch unachtsamer als eben. So passiert das.«

Es fehlte nicht viel, und ich hätte mich meiner Bemerkung geschämt.

»Und woher wollen Sie das alles wissen?«

»Weil ich ein Billard-Talent bin. Ich kann mir genau vorstellen, wohin die Kugeln laufen, obwohl sie alle die Unwucht haben, die Bande so ungehobelt ist wie ein Verschalungsbrett und der ganze Tisch wackelt.«

Mir lag auf der Zunge, daß das Queue sich dann sicherlich in einem ähnlich desolaten Zustand befinde und man unbedingt für Ersatz sorgen müsse. Aber ich schluckte es herunter, denn heutzutage löckt man besser nicht mehr wider den feministischen Stachel. Meine Abteilung war schließlich prächtig genug mit diesen wehrhaften Auswüchsen besetzt, und der Betriebsrat beschäftigte sich ganze Vormittage mit den sexistischen Äußerungen der männlichen Belegschaft, wobei ich und dieser Widerling Kürbelein mit schöner Regelmäßigkeit im oberen Drittel der Hit- und Abschußliste auftauchten.

Eine andere Spitze gönnte ich mir dann aber doch.

»Und Sie beteiligen sich an der Partie, um vor einer besonders tragischen Karambolage schnell noch ein bißchen Gutes zu tun?«

Etwas regte sich, dessen Natur ich in diesem frühen Stadium noch nicht genau ausmachen konnte und legte die Haut neben ihren Augenwinkeln in Fältchen.

»O nein, das wäre gegen die Regeln.«

»Welche Regeln, bitte schön?«

»Haben Sie denn noch nie zugesehen?«

»Schon, aber ...«

»Dann wissen Sie doch, daß der Ball von anderen Kugeln abprallen muß, bevor er sein Ziel erreicht. Nur so macht man Punkte.«

»Soll das heißen, daß Sie gar nicht seinetwegen gekommen sind?«

Sie nickte. »Soll es.«

»Und weshalb dann?«

»Ich wollte umsonst und in netter Begleitung ins Theater gehen.«

Das war es also. In dem Salamander steckte ein unverfrorener und urtümlicher Frohsinn. Sie erinnerte mich plötzlich an das Eskimomädchen, das sie für einen Werbespot aus Neufundland hatten einfliegen lassen und das etwas konnte, was seine Altersgenossinnen hier längst verlernt hatten: spielen. Während die afrikanischen, südamerikanischen und asiatischen Takes mit ortsansässigen Diplomatenkindern abgedreht wurden, verschwand es in einer Studioecke und versank zwischen ein paar schlichten Figürchen aus Walroßzahn. Nur vor der Kamera war es nicht zu gebrauchen gewesen, obwohl seine Mutter sich alle erdenkliche Mühe gab. »LOO-DO Toys – die heile Welt der Kinder«, in Rotz und Wasser war sie untergegangen.

»Das«, sagte ich und wedelte mit den Armen durch das menschenleere Foyer, »das ist Ihnen aber gründlich mißlungen.«

VIII.

Das wabernde Schrappen des Hubschraubers unterbrach die Vorstellung in meinem Kopfkino. Die Scheiben, der Fußboden, das Gebäude vibrierten. Ich tappte ans Fenster und erwischte gerade noch ein Aufblinken am vergitterten Abendhimmel. Dann hatte die fast die Dächer streifende Maschine das Haus hinter sich gelassen, und der Lärmpegel fiel kaum weniger schnell ab, als er sich aufgebaut hatte.

Die kleinstädtische Geräuschkulisse stieg ganz unbeschädigt wieder aus dem Getöse wie Tannenspitzen aus einer zerfließenden Nebelbank. Allem voran Flaschengeklirre von der Rampe eines Bierverlags, dann lustloses Hundegekläff und das Türenschlagen der eintreffenden Imbißkunden. Im Gegenzug die gegen die auskühlenden Schaschlikspieße und Currywürste anstartenden Fahrer. Ein durchreisender Discohammer. Fachkundiges Grummeln aus dem Bauch der Videothek, das elektronische Piepen der Registrierkasse.

Der Grünfink hatte mich in dieser Behelfszelle neben dem Dienstzimmer eingeschlossen, als er die Nachricht erhielt, daß irgendein stadtbekannter Störenfried wieder einmal Randale mache. Er schob mich in die mit einem Stuhl, einer Liege und zwei Aktentürmen ausgestattete Abstellkammer, machte mir Hoffnung, daß mich der Hauptkommissar später bestimmt noch verhören werde, drehte den Schlüssel um und war verschwunden.

Eine Zeitlang hatte ich einfach dort gestanden und auf die schwachen Schatten gestarrt, die die funzelige Birne erzeugte. Dann brachten sich meine schmerzenden Handgelenke in Erinnerung. Ich verschob die Handschellen, ging zum Stuhl, machte kehrt, ging zur Tür, betätigte den Lichtschalter und tastete mich im Dunkeln an meinen Platz zurück. Es roch nach Staub, nach dutzendfachem Ausnüchtern, und durch das einen Spaltbreit geöffnete und mit Eisenstangen verbarrikadierte Fenster drang in feinen Wellen ein Hauch von Stall. Ich hob die Hände vor das Gesicht und leckte die vom Metall wundgescheuerte Haut, bis das Schrinnen nachließ. Der Meerwassergeschmack brachte mir den Espresso auf die Zunge, mit dem unsere erste Begegnung zu Ende gegangen war und den ich mir geistesabwesend aus dem Salzstreuer nachgesüßt hatte.

Irgendwie kam ich immer wieder auf diesen Tag zurück, und da ich nichts Besseres zu tun hatte, sollte ich die Geschichte vielleicht ganz systematisch und von Anfang an Revue passieren lassen. Hatte ich mir jedenfalls vorgenommen. Also verwandelte ich meinen Zellenstuhl in einen Ledersessel, lehnte mich wie damals aufseufzend zurück, ließ den faden Fernsehkrimi in sich zusammensacken und faßte den Entschluß, mir die Abendstunden lieber mit Charakterdarstellern aus Fleisch und Blut zu vertreiben.

Das war ein paar Monate her, und jetzt steckte ich bis zum Hals in einem anderen Stück, bei dem sich eben unter Poltern und Schimpfen der nächste Aufzug ankündigte.

Das Telefon schrillte. Die Bürotür ging. Ein Mann stimmte »Völker, hört die Signale...« an, wurde vom Grünfink angefahren, sang aber nur doppelt so laut weiter. Der Polizist nahm den Hörer ab, versuchte vergeblich, sich verständlich zu machen, befahl brüllend Ruhe, weil das verdammt nochmal ein Dienstgespräch sei, der Mann verstummte, der Grünfink redete, die Tür ging, der Grünfink unterbrach sich, die Tür fiel ins Schloß, die Internationale setzte gedämpft wieder ein, der Grünfink warf den Hörer auf die Gabel und kommandierte: »Hiergeblieben!« Die Tür schlug noch einmal, das erkämpfte Menschenrecht endete in einem Treppensturz und zwei Sekunden tiefsten Friedens. Dann klingelte das Telefon.

Ich saß in meinem Verschlag und horchte. Die beiden keuchten erneut nach oben, aber die Sangeslust war verflogen. Der Grünfink meldete sich, sagte »Entschuldigung. Sicher doch. Einen Moment bitte«, und legte den Hörer neben den Apparat. Dann drehte sich der Schlüssel, meine Zellentür wurde aufgestoßen, und ich blinzelte ins Licht, das sich zwischen Türrahmen und dem Schattenriß eines Rübezahl hereinzwängte. Die vierschrötige Silhouette verströmte eben den Schweiß- und Alkoholdunst, von dem hier ohnehin alles durchdrungen war, ließ sich aber von den eigenen Duftmarken nicht dazu verlocken, »zu dem Mörder da reinzukriechen«, wie der Mann sich ausdrückte.

Dem Grünfink riß der Geduldsfaden, und er wurde dermaßen rabiat, daß mich der Heldenmut, mit dem ich eben noch meine unverzügliche Freilassung durchzusetzen gedachte, auf der Stelle verließ. Statt dessen nickte ich nur, als er mir versicherte, der inzwischen auf die Liege hingestreckte Hüne sei harmlos und im Grunde eine Seele von Mensch. Beim Hinausgehen knipste der Ordnungshüter die Zellenbeleuchtung wieder an.

»Trotzdem werde ich natürlich dafür sorgen, daß Sie so schnell wie möglich in ein anständiges Untersuchungsgefängnis überführt werden.«

»Danke schön, aber…«

Schon war ich wieder unter Verschluß. Mein Zellengenosse stöhnte und begann, sich hochzurappeln. Das Telefonat wurde fortgesetzt. Wahrscheinlich schilderte der Gesprächspartner am anderen Ende der Leitung irgend etwas, denn der Grünfink reagierte nur mit sporadischen Bestätigungsfloskeln, die allerdings zunehmend verwundert klangen. »Wenn Sie glauben, daß das nötig ist«, bekam ich noch mit, dann war die Seele von Mensch wieder auf den Beinen und schlug auf der nie nachjustierten Brandschutztür, die uns deshalb akustisch nur unvollkommen isolierte, mit den

Fäusten einen so dröhnenden und ausdauernden Trommelwirbel, daß der Rest des Gesprächs davon verschluckt wurde. Ich bemerkte nicht einmal, daß der Grünfink sein Dienstzimmer verließ. Aber als die Schläge endlich weniger dicht prasselten und dann ganz aufhörten, herrschte Totenstille auf der anderen Seite. Der Vogel war ausgeflogen.

Dieser Einsicht vermochte sich auch das umnebelte Hirn Rübezahls auf Dauer nicht zu verschließen, denn er drehte sich mit hängenden Schultern zu mir um, kämpfte seinen Schluckauf nieder, stellte den Blick scharf und erklärte ungehalten: »Weg ist er, der grüne Hallodri. Das kennt man ja schon. Aber daß er einen unbescholtenen Bürger mit einem Halsabschneider zusammenpfercht, das ist mal was Neues, sozusagen.«

»Ich bin kein Mörder.«

Er war taub für meine Beteuerungen und schlurfte um meinen Stuhl herum zu dem Handwaschbecken neben dem Fenster. Nachdem er den Hahn aufgedreht hatte, steckte er den Kopf in den Strahl und kühlte sein Mütchen, wobei er den halben Fußboden unter Wasser setzte. Dann trank er, rülpste und richtete sich tropfend auf.

»Aber du bist sozusagen gar kein Mörder, oder habe ich recht?«

»Bin ich nicht, nein.«

»Sieht doch ein Blinder. Du hast genausowenig etwas ausgefressen wie ich, und deshalb sind wir ja auch beide in seine Klauen geraten. An die großen Fische traut sich keiner ran, aber wenn man sich am Wochenende mal amüsieren will, dann können sie die öffentliche Ordnung gar nicht schnell genug wieder entstören.«

Er wurde zusehends mitteilsamer, und seine Leutseligkeit machte es für mich immer schwerer vorstellbar, daß es sich um den Randalierer handeln sollte, von dem da telefonisch die Rede gewesen war.

»Werden Sie oft – aus dem Verkehr gezogen?«

»Wer ist Sie? Wir Knastbrüder sind alle per du. Ich heiße Steinchen. Sehr angenehm.«

»Patzer.«

»Patzer?« Er grinste. »Auch nicht besonders schmeichelhaft, wie?«

»Man gewöhnt sich dran, Steinchen.«

»Ja, ja, man gewöhnt sich sozusagen an manches.« Er tätschelte die reichlich mitgenommene Liege, auf der er Platz genommen hatte. »Nur die klaren Nächte und die Wochenenden... na egal. Inzwischen ist halb Bergisch Hall beleidigt, wenn ich mal nicht in Form bin und das Unterhaltungsprogramm ausfällt.«

»Sozusagen.«

»Nichts da. Das ist sozusagen mein voller Ernst. Aber heute ging wieder die Post ab, wenn du weißt, was ich meine, Patzer.«

»Sicher, sicher.«

»Und wie ich den Gimpel auf die Palme gebracht habe. O Mann! Aber da warst du ja ganz hautnah am Geschehen.«

»Und ob.«

»Vorgeführt nach Strich und Faden. Wenn der das bißchen Abwechslung nicht hätte, würde er glatt noch erstikken an seinen Dienstgesprächen.«

So stellten sich die Dinge also aus seiner Perspektive dar. Denn das ironische Blinzeln, mit dem er seine Ausführungen begleitete, war gar keins. Es rührte vielmehr daher, daß diesem aufopferungsvollen Alleinunterhalter langsam das linke Auge zuschwoll. Vom Kirchturm schlug es neun.

»Darauf nehmen wir einen!« verkündete er, von der heutigen Vorstellung sichtlich angetan, und leckte sich die Lippen. »Man muß sich bewölkt halten.«

»Kein Ausschank nach einundzwanzig Uhr«, sagte ich.

»Für Stammkunden fließt der Schnaps bergauf«, setzte er dagegen, erhob sich und löschte das Licht. »Wetten?«

Es dauerte keine Minute, bis etwas in kurzen Abständen an die Scheibe pickte.

»Steinchen«, sagte Steinchen und öffnete das Fenster just in dem Moment, als ein neuer Splittpartikel im Anflug war, der jetzt von der Decke abprallte und um ein Haar die Birne getroffen hätte. Mein Zellengenosse preßte das Gesicht gegen das Gitter und zischelte etwas nach draußen. Dann streckte er beide Arme unten durch das Stangenkreuz, ruckelte sich auf Zehenspitzen zurecht, spähte wieder hinunter und rief: »Fertig.«

Aus der Dunkelheit kam ein lallendes Echo. Es blieb die einzige Reaktion.

»Los doch!«

Steinchens Oberkörper spannte sich, dann war es, als hätten die Hände eine Hochspannungsleitung berührt, so schüttelte und zerrte es an ihm. Der Krampf löste sich erst, als die Flasche auf dem Pflaster aufschlug, zersplitterte und sich glucksend entleerte.

Man beschimpfte sich eine Weile, das heißt Steinchen verbat sich die kleinlauten Erwiderungen »von da unten« und meldete Schadensersatzforderungen an. Für den zweiten Zustellversuch verfiel er auf den Gebrauch einer Leiter.

Wie in einer noch landwirtschaftlich geprägten Kleinstadt nicht anders zu erwarten, war sie hinter dem nächsten Schuppen zu finden und wurde unter Kratzen und Scharren an der Wand in Position gebracht. Steinchens Zechkumpan, der offenbar schon am Boden nicht mehr ganz sicher auf den Füßen stand, arbeitete sich unter den anfeuernden Kommentaren meines Mitgefangenen Sprosse um Sprosse nach oben und war schon fast in Reichweite angekommen, als die Feuerwehrsirene einsetzte, die, nach der infernalischen Phonzahl zu urteilen, in unmittelbarer

Nachbarschaft montiert sein mußte. Auch mir war das plötzliche Geheul in die Knochen gefahren, und es kostete Steinchen seine ganze Überredungsgabe, sich doch noch in den Besitz der beiden halben Liter zu bringen.

Nach der Übergabe klammerte sich der Lieferant einen Augenblick von draußen am Gitter fest, wie um Kräfte für den Abstieg zu sammeln. Da wurde es schlagmals taghell, und ich erkannte Jupps vom Alkohol gerötetes Gesicht, das aussah, als wäre er gerade beim Apfelstehlen ertappt worden.

Er verschwand so blitzschnell von der Bildfläche wie ein Dia vom blendenden Weiß der Leinwand. Dann wurde auch der Projektor ausgeknipst, weil der Landescheinwerfer des zweiten Hubschraubers weitergewandert war. Der Rotor schickte einen Schwall kühler Luft durch das Fensterloch. Der sollte in dieser Nacht noch andere Formen der Windmacherei im Gefolge haben.

IX.

Vorerst aber gab die Sirene wieder Ruhe. Jupp blieb verschwunden. Und Steinchen stieß die Leiter zu Boden, um unsere Versorgungslage wenigstens notdürftig zu verschleiern.

Er drehte eine Flasche auf, nahm einen gewaltigen Schluck, seufzte und reichte sie mir herüber.

»Siehst du, fließt bergauf und bergrunter, ganz nach Wunsch.«

Ich konnte nach allem, was passiert war, eine Stärkung gebrauchen, ließ mich nicht lange bitten und setzte an.

»Und gleich noch einen, Patzer, damit du sozusagen keine Schlagseite entwickelst.«

Der Schnaps brannte im Magen, aber die Pommes frites hatten das Fegefeuer siedenden Altöls hinter sich und leisteten hinhaltend Widerstand. Ich flutete sie zum dritten Mal.

Steinchen winkte sich die Flasche zurück.

»Und wenn du kein Kapitaler bist, weshalb hat er dich dann gebunkert?«

»Eine Frauengeschichte.«

»Aha.« Er war neugierig und spendierte mir noch einen Mundvoll Quasselwasser. »Erzähl mal.«

»Es ist aber nicht so, wie du denkst, Steinchen.«

»Ich denke sozusagen nie.«

Also legte ich los, wieder von vorn. Die Premiere, der Bluter, der Teppichboden. Wir tranken, und ich redete und redete, kreuz und quer, hin und zurück stolperte ich durch meine Erlebnisse mit Bérénice Sterntaler, als hätte ich tausendundeine Nacht zu einer einzigen zusammenzupressen. Aber alle Aus- und Abschweifungen endeten wie durch ein Wunder doch immer im Foyer und bei jenem Billard für Anfänger, das sie mir vorgespielt hatte.

Mit jedem Satz steigerte ich mich weiter in die Erinnerung hinein, und als ich den Salamandereffekt beschrieb, rutschte mir das Tierchen denn auch prompt zwischen den Schulterblättern herunter. Seine Lebendigkeit verdankte es allerdings weniger meiner vom Alkohol beflügelten Einbildungskraft als vielmehr einer ganzen über der Stadt einschwebenden Hubschrauberstaffel, die mir für mehrere Minuten das Wort entzog. Gleichzeitig verdrängten in meinem Kopf formelhafte Wendungen wie die vom ›begrenzten Ermessensspielraum der Einsatzleitung‹ und der ›Verhältnismäßigkeit der Mittel‹ die wunderlichen Geschichten. Der Verteidiger würde so reden, wenn es zur Verhandlung kam – nicht wegen Mordes, sondern wegen der horrenden Schadensersatzforderungen im Zusammenhang mit einer vorgetäuschten Straftat. Einer Irreführung, die der Vertreter der Anklage zuvor als Ausfluß einer ins vermeintlich Harmlose umgebogenen, beachtlichen kriminellen Energie gegeißelt hätte.

Dieses Mal hatte sie sich übernommen, und die Fäden waren ihr sämtlich entglitten, soviel stand fest. Steinchen, den ich an meinen Befürchtungen teilhaben ließ, während er seine Blase ins Waschbecken entleerte, schob die Luftlandeaktion zwar auf die allfälligen Herbstmanöver, von denen man hier nie wisse, wann und wo sie stattfänden, aber das konnte mich in meiner Überzeugung nicht irre machen. Was da draußen passierte, stand auf einem anderen Blatt, auf dem nämlich, das sie vom Baum gehext hatte, und bis an mein Lebensende würde ich die Folgekosten abstottern.

»In die Hose geht die Sache, Steinchen, voll in die Hose.«

Steinchen drehte sich leicht schwankend um und nestelte an seinem Reißverschluß. Dann beugte er sich nach vorn und musterte seine Beinkleidung.

»Quatsch, Kerl. Mit solchen Sachen scherzt man nicht.«
Er widmete sich der Blechkappe auf der zweiten Flasche, die aber erst nachgab, als er die Zähne einsetzte.

»Zur Strafe einmal aussetzen, Patzer«, sagte er und trank. Dann steckte er den Zeigefinger in den Hals des Leerguts und wedelte damit hin und her. »Oder du holst uns Verdünner.«

Ich stand auf und füllte die Flasche mit Wasser. Er trank sie mit dem Widerwillen aus, mit dem man sich ins Unvermeidliche schickt, und legte mir die gleiche Prozedur ans Herz, weil die Prozentchen, wie er sich ausdrückte, sozusagen schwimmen müßten.

Als ich mir die Flüssigkeit einverleibt hatte, wäre mir fast schlecht geworden, aber dann hatte ich eine glasklare Phase und erzählte genau dort weiter, wo ich aufgehört hatte.

»Abwarten«, sagte sie und strich sich die Haare aus der Stirn. Doch die Geduldsprobe fiel aus. Zwischen meinen ausgebreiteten Armen, die ich verlegen wieder auf die Sitzbank fallen ließ, tat sich etwas. Eine der Türen zum Zuschauerraum pendelte auf, und es erschienen zwei geschäftstüchtige ältere Herren in Begleitung ebenso gepflegter, wenngleich merklich jüngerer Damen, dicht gefolgt von einem wieseligen Kerlchen, das die schnurstracks auf den Ausgang zueilende Gruppe umkreiste wie ein Hirtenhund, ohne sie jedoch aufhalten oder abdrängen zu können.

»Aber meine Herrschaften, ich bitte Sie.«

»Sparen Sie sich Ihre Erklärungen, wir haben Augen im Kopf.«

»Ein kleiner Gag, ein Regieeinfall, nichts, was die Aufregung lohnte.«

»Eine Unverschämtheit, nicht wahr, Berthold?«

Berthold ließ das so stehen und öffnete seiner Gemahlin die Glastür nach draußen.

»Ich werde dafür sorgen, Herr Kupperkiel, daß die anderen Sponsoren unverzüglich von dieser Geschmacklosigkeit unterrichtet werden. Sie hören von uns. Guten Abend.«

Abgang in den April. Die Abendkleider wurden windschnittig, es nieselte ins Dekolleté, eine unweibliche Gänsehaut wollte sich aufwerfen, da war auch schon der Chauffeur zur Stelle, und die Limousine rollte mit ihren vier Passagieren allen Unschuldsbekundungen und Wiedergutmachungsangeboten davon.

Der Kobold Kupperkiel wieselte nicht mehr, sondern schlurfte. Rückzug nach einem verlorenen Scharmützel. »Die Kunst ist frei«, sagte er, als er gesenkten Hauptes an uns vorüberkam. »Also habe ich nur Ihretwegen ein paar Plätze in der ersten Reihe räumen lassen. Kommen Sie mit.«

»Danke schön», antwortete Bérénice und zog mich vom Sitz, »vielen herzlichen Dank.«

»Keine Ursache.«

Und so bekam sie doch noch, was sie wollte, eine Gratisvorstellung in Herrenbegleitung.

»Ein Ding«, bemerkte Steinchen, legte den Kopf in den Nacken und gurgelte mit seinem Schnaps, als wäre es Mundwasser. Nach diesem Akt der Körperpflege streckte er sich aus, gähnte, schloß versuchsweise auch das nicht zugequollene Auge und war eingeschlafen.

Nachdem ich wiederholt neben und über die Flaschen gegriffen hatte, die seine Drillingshand umklammert hielt, empfahl ich ihn dem Schutzengel der Betrunkenen und schickte mich an, seinem Beispiel zu folgen.

X.

Das erwies sich als schwierig, denn die Liege war besetzt, und auf dem Stuhl überkam mich schon bei gesenkten Lidern ein linksdrehendes Kreiseln, das sich innerhalb kürzester Zeit zu einer wahnwitzigen Pirouette auswachsen konnte. Ich wollte diesen Tag der Vernunftaussetzer und Schwarzen Löcher nicht auch noch mit einer Platzwunde krönen und richtete mich schon darauf ein, die Nacht auf dem kalten Fußboden zu verbringen, als mir die beiden Aktentürme einfielen.

Zum Glück bestanden sie größtenteils aus fleißig beschickten Mappen und Eckspannern, die sich leicht ausbreiten und in eine provisorische Schlafunterlage verwandeln ließen. An dem Inhalt der Ordner vergriff ich mich nur, um hier und da aufzupolstern und ein einigermaßen einheitliches Niveau herzustellen. Die Anstrengung hatte mir gut getan, denn als ich mich vorsichtig auf den Anzeigen, Aussageprotokollen, Mahnbescheiden und Unfallskizzen niederließ, die bis in das Jahr der bedingungslosen Kapitulation zurückreichten, spürte ich nur noch ein leichtes Schaukeln und Wiegen wie in einem Boot oder auf einem schwimmenden Anleger. Ein in regelmäßigen Abständen in der Dünung auftauchender Seehund prustete dazu. Er war handzahm und hörte auf den Namen Steinchen.

Auch die beiden Straßenkarten aus den Fünfzigern, mit denen ich mich zugedeckt hatte, verfolgten mich bis in den Schlaf. Mir war, als dröhnte, rollte, rasselte es sternförmig aus allen Himmelsrichtungen heran, als passierten ganze Fahrzeugkolonnen die Hauptstraße, um sich im Flackerlicht ihrer blauen und gelben Warnleuchten um die Kirche herum zu einem Kreis zusammenzuschließen oder sich

Stoßstange an Stoßstange in den Seitenstraßen aufzureihen. Der Alkohol, der mir im Blut zirkulierte, war nicht kleinlich und stattete die Halluzination auch noch mit Kradmeldern, Rotkreuzschwestern, einem Stromaggregat, einer Feldküche sowie mehreren Einweisern aus. Obwohl sie durch entsprechende Armbinden und Leuchtstäbe deutlich genug kenntlich gemacht waren, mußten sie ihre Autorität zusätzlich durch einen so zügellosen Gebrauch ihrer Trillerpfeifen unter Beweis stellen, daß diese Spukgestalten mich fast dazu gebracht hätten, das lärmende Land der Träume zu verlassen und mit schlaftrunkenem Augenaufschlag in der stillen Wirklichkeit Zuflucht zu suchen.

Es gelang mir schließlich aber doch, mich in einer schalltoten Ecke meines Oberstübchens zu verkriechen und dort wie ein Murmeltier zur Ruhe zu kommen. Man hätte mir mit einer halben Hundertschaft die Tür einrennen können, und ich hätte nicht einmal mit der Wimper gezuckt, geschweige denn mich unter Protestgemurmel auf die andere Seite gewälzt.

So kam es, daß ich in einer stinkenden Lache und auf durchweichten Aktenstößen immer noch den Schlaf des Gerechten schlief. Erst als jemand die Spritze direkt auf mein Gesicht richtete und mir die scharfe Brühe in die Nasenlöcher und zwischen die Zähne drang, schreckte ich hoch.

Dieser Albtraum besaß ein anderes Kaliber als sein harmloser Vorgänger. Alles wimmelte von Männern in giftgrünen Schutzanzügen, die Atemgeräte trugen und ihre Gesichter hinter spiegelnden Visieren verborgen hielten. Grund dazu hatten sie genug, denn diese futuristischen Punks demolierten selbst die kärgliche Inneneinrichtung unserer Zelle mit der peniblen Zerstörungswut einer Camorra-Delegation. Nebenan, in Grünfinks Büro, hatten sie offenbar schon ganze Arbeit geleistet, denn das Zimmer bestand nur noch aus vier Wänden, von denen aufgeweichte Tapetenfetzen hingen, und einer Schutt- und Müllhalde in der Raummitte, aus der die Blausäure sickerte. Davon besaßen sie augenscheinlich unbegrenzte Vorräte, denn das Zeug trat immer noch in Sprühschlieren, Spritzfächern und scharf gebündelten Strahlen aus allen möglichen Düsen und hüllte das Geschehen in einen sich ständig erneuernden Nebel, der sich auf das hinterhältigste mit den alkoholischen Dünsten in meinem Kopf verband.

Entsprechend schemenhaft die Eindrücke, die sich unter diesen widrigen Bedingungen doch noch festsetzen konnten. Steinchen zum Beispiel, der genauso durchweicht in sich ruhte wie ich, aber übergangslos, und ohne die Geborgenheit des Unterbewußten zu verlassen, fuchsteufelswild wurde, als eine der vermummten Gestalten sich an seiner Schnapsflasche vergriff und sie ihm entwinden wollte. Reflexhaft federte er hoch, schlug und trat um sich, so daß die Eindringlinge überrascht zurückwichen und außerhalb seiner Reichweite einen Halbkreis bildeten. Als er keinen Widerstand mehr spürte, legte sich seine Erregung, er setzte die Flasche an, nahm einen Schluck, zögerte und spie die Mixtur dann in hohem Bogen wieder aus, wobei er gleichzeitig sein unverletztes Auge aufklappte. »Was ist das denn sozusagen für ein Saustall hier«, brachte er noch über die Lippen, bevor ihm ein zur Abwechslung orangefarben Vermummter eine Sprühdose vor die Nase hielt und auf das Ventil drückte. Das Betäubungsmittel ließ ihn hilflos über seiner Liege zusammenklappen, aus deren Schaumstoffmatratze dabei ein neuer Flüssigkeitsschwall austrat. Die Flasche fiel polternd zu Boden, blieb aber heil und wollte sich rollend in einen dunklen Winkel davonmachen. Eine Plastikgalosche hielt sie auf, und schon fuhr ihr eine der Spritzkanülen tief in den Hals und trieb ihr blubbernd und gurgelnd die letzten Prozente aus.

Der Orangefarbene hatte sich jetzt vor mir aufgebaut und musterte mich von oben herab, die Gaskartusche einsatzbereit zwischen den behandschuhten Fingern. Ich schüttelte den Kopf und streckte ihm die Handschellen entgegen. Er zögerte einen Moment, entschied sich dann gegen zusätzliche Maßnahmen, bedeutete mir aber mit einer unmißverständlichen Geste, an meinem Platz zu bleiben und mich nicht zu rühren.

Um mich herum gingen die zerstörerischen Aktivitäten weiter. Die Fußleisten wurden von den Wänden gerissen, der Stuhl zu Kleinholz gemacht, die Steckdosen abgeschraubt, besprüht, zertrümmert. Einer stand auf dem Spülbecken und bearbeitete das Gitter so nachdrücklich mit der Bürste, als wolle er es wie einen dreidimensionalen Rostfleck durch Scheuern und Schmirgeln ganz zum Verschwinden bringen, ein anderer klopfte die Wände ab und spachtelte überall dort, wo er Verteilerbuchsen oder andere Hohlräume vermutete, die Tapete herunter. Ein dritter transportierte Aktenstöße und Trümmerstücke auf die Halde in der Büromitte, die aussah wie ein von Petroleum durchweichter Scheiterhaufen.

Etwas Ungetümes schob sich auf quietschenden Bulldozer- oder Panzerketten in den Hof unter dem Fenster, zermalmte die Leiter, setzte zurück. Der Diesel brüllte noch einmal auf und röchelte dann im Leerlauf vor sich hin, während ein Hochdruckstrahl auf der Außenwand hin- und herzutanzen begann. Ich hörte, wie der Putz unter der Gewalt des Aufpralls abplatzte und in Brocken herunterprasselte. Auch die Sirene meldete sich wieder. Der auf- und abschwellende Heulton legte sich über das mir unverständliche Geschehen wie Gaze über eine Wunde, oder nein, er war wie ein hauchdünner Seidenschal, der beim Abschied zwischen den eigenen Augen und der Welt flattert, zu der man schon nicht mehr gehört. ABC-Alarm.

Der einbeinige Ausrufer der Katastrophe, das Rumpelstilzchen auf dem Dach, war gar nicht mehr zu bremsen: »Ohoo-uuh, ohoo-uuh, wie gut, daß niemand weiß...«

XI.

Was wurde da herausposaunt, weil es nicht mehr unter den Teppich zu kehren war? Verheerende Manöverschäden oder der industrielle Ernstfall? Ein Bhopal am Kahlen Asten zum Beispiel oder Tschernobyl in der Soester Börde? War ein abstürzender Spionagesatellit dabei, seinen Plutonium-Akku über uns zu zerstäuben, oder hatte sich auf einer Sondermülldeponie plötzlich der Boden aufgetan? Menschliches Versagen in einem Forschungslabor würde so besungen werden oder das Erreichen einer Sollbruchstelle der Weltpolitik, Softwarefehler in einem Oberkommandierenden und amoklaufende Mikrochips, die Operation ›Fiat lux‹ nicht anders als jede zivile Mords-GAUdi.

Niemand antwortete mir, als ich nach dem Grund fragte. Man war beschäftigt. Grüne Trappisten vom Mars, die auf der Erde die Sau herauslassen durften, wobei sie ihr orangefarbener Ausbilder mit einem Wedeln seiner chemischen Keule vor den Belästigungen durch Eingeborene schützte.

Zwei Tragen wurden heraufgeschafft. Auf eine bettete man meinen immer noch bewußtlosen Zellengenossen und schnallte ihn fest, nachdem man ihn von Kopf bis Fuß in einen Plastiksack gehüllt hatte. Die Folie beschlug durch die Körperwärme und die Ausdünstungen Steinchens fast augenblicklich, und nur das für die Frischluftzufuhr mit einem Filterschlitz versehene Kopfende blieb wenigstens stellenweise klar. Er lag da wie ein ungestaltes Schneewittchen in seinem grotesken Glassarg, der beim Ausatmen oberhalb des letzten Gurtes die runzelige Apfelhaut dehnte und glättete, aber sofort raschelnd in eisige Falten zurückknitterte, wenn sich der Luftstrom umkehrte.

Ich spürte, wie in mir eine panische Angst vor dem Ersticken aufstieg, als sie die zweite Trage herüberrückten und Anstalten machten, mich auf die nämliche Weise zu verpacken. Diesmal saß mir kein Kloß im Hals, vielmehr redete ich wie ein Wasserfall, und je näher der Ruhigsteller kam, desto ungestümer sprudelte es aus mir heraus. Ich versicherte die Berserker meiner bedingungslosen Kooperation und des blinden Vertrauens. Jedem Befehl, jeder Anordnung, jedem Wink würde ich auf das gewissenhafteste und unverzüglichste Folge leisten, ihnen bis zum Umfallen vor- oder hinterherlaufen, ohne ein Wort der Klage. Alles, aber auch alles wollte ich tun, wenn ich nur nicht in diesen grauenerregenden Kokon gewickelt, nur nicht festgebunden wurde. Ich war herzkrank. Lange schon. Von Medikamenten abhängig. Von Medikamenten zur Herabsetzung des Gerinnungsfaktors. Ich war Bluter. Schlagartig hatte ich die Lösung. Ja, künstlicher Bluter. Heute morgen hatte ich noch zwei Tabletten genommen. Die Aufregung, die einschneidenden, kleinste Äderchen und Blutgefäße verletzenden Gurte, beides konnte schwere Komplikationen auslösen, unabsehbare Folgen haben. Wenn sie also ein lebendiges Versuchsobjekt wollten und keinen Kadaver...

»Können Sie sich denn überhaupt auf den Beinen halten bei Ihrem Alkoholspiegel?« muffelte der Fehlfarbene wie durch mehrere Lagen Taschentücher.

Ich rappelte mich hoch und stand leicht schwankend vor ihm. Einer der Männer lachte. Ein anderer erklärte gedämpft, man solle mich ruhig marschieren lassen, umso schneller sei ich wieder bei Sinnen. Und außerdem brauche man sowieso vier Träger, um den anderen Mehlsack in den Entkeimer zu befördern. Das schien allen einzuleuchten, denn die Spraydose verschwand in einer Overalltasche, während aus einer anderen ein weißes Päckchen auftauchte. Auf den Befehl hin, mich zu präparieren, wurde ich noch einmal von oben bis unten mit der Desinfektionslösung durchfeuchtet, mußte dann mit meinen Schuhen in ein paar grüne Galoschen schlüpfen und bekam den steril verpackten und mit behandschuhten Fingern umständlich aus seiner Hülle gezupften Mundschutz vorgebunden.

Hinter Steinchen, den sie tatsächlich zu viert aus dem Zimmer trugen und die Treppe hinabbugsierten, kraxelte ich die Stufen nach unten, auf Schritt und Tritt darum besorgt, die Herrschaft über meine Glieder zu demonstrieren. Leicht fiel mir das nicht, denn auch auf den Treppenstufen standen überall blauspiegelnde Pfützen, und der Untergrund war unter den Plastiksohlen der Überschuhe so glatt und tückisch, daß selbst die Träger mehrmals um ihre Balance zu kämpfen hatten.

Wir gelangten aber allesamt glücklich unten an, durchquerten den Flur und waren eben dabei, auf die Straße hinauszutreten, als mich meine Beine doch noch im Stich ließen und mich nur zwei kräftig zupackende Hände vor dem Hinschlagen bewahrten.

Mein plötzlicher Gleichgewichtsverlust hatte nichts mit den Unebenheiten des Bürgersteigs oder der glitschigen Befeuchtung zu tun, die auch draußen nicht fehlte, wo ein umfunktionierter Sprühwagen des Stadtreinigungsamtes in der Mitte der Fahrbahn einen nach beiden Seiten zerfließenden blauen Teppich ausrollte. Vielmehr wirkte das, was sich um den glitzernden Asphalt herum abspielte, auf mich wie ein Tritt in die Kniekehle.

Die Hauptstraße war nicht wiederzuerkennen. Von etlichen auf einer Art Hebebühne montierten Scheinwerfern taghell ausgeleuchtet schienen sich die Häuser und Geschäfte in die Kulissen eines Science-fiction-Films verwandelt zu haben, in dem die außerirdische Bosheit wieder einmal hinter den heruntergelassenen Jalousien eines Kleinstadtidylls Zuflucht gefunden hatte. Die Zugereisten konnten im vorliegenden Fall nicht nur deshalb besonders ungestört ihr Unwesen treiben, weil die Phalanx erträumter Lastwagen und Transporter dort am Straßenrand ganz leibhaftig Aufstellung genommen hatte und alles abschottete und abriegelte. Nein, auch die menschlichen Bewohner würden den dunklen Machenschaften kaum in die Quere kommen, denn sie waren nicht zu Hause.

Obwohl es weit nach Mitternacht sein mußte, bevölkerten sie mit Kind und Kegel den Zwischenraum zwischen einer provisorischen Absperrung und dem Schutzwall auf Rädern, der sie von ihren Wohnungen trennte. Sie wirkten wie die Zuschauer eines doppelt unzeitigen Karnevalsumzugs, der sich aus unerfindlichen Gründen an der Jahreszeit der südlichen Hemisphäre sowie am Sonnenstand über den Aleuten orientierte. Trotz solcher Verrücktheiten aber war die Stimmung, von ein paar quengelnden Kindern einmal abgesehen, bemerkenswert. Eine Spannung und ungeduldige Erwartung lagen in der Luft, die die Veranstalter saisongerechter närrischer Prozessionen längst nicht mehr zu erzeugen vermögen. Die Leute standen in Gruppen zusammen und redeten lebhaft aufeinander ein. Aus einem der Lastwagen wanderte ein ununterbrochener Strom dampfender Pappbecher von Hand zu Hand, bis jedes Gefäß seinen Abnehmer gefunden hatte, der es schlürfend zum Munde führte. Auch Decken waren verteilt worden, und die Schaulustigen hatten sie in der empfindlich kühlen Nacht über Jacken und Mäntel geworfen, so daß die Menschenansammlung einen alttestamentarisch-berberhaften Anstrich bekam. Man hätte meinen können, sie alle warteten auf einen Gesandten, einen Gesalbten, den Propheten des Herrn.

»Da ist er!« schrie jemand, gerade als mich meine beiden Helfer wieder in die Höhe zogen und ich mit der versprochenen Kooperationswilligkeit die Knie durchdrückte. Die Köpfe flogen herum, die Gruppen verteilten sich in Windeseile längs der Absperrung, das Gemurmel erstarb.

Der Karnevalsprinz, auf den sie mit Fingern zeigten, damit auch die lieben Kleinen keiner Verwechselung aufsaßen, war ich. Und die Art von Humor, für die ich stand, mußte höchst ansteckend sein, denn die beiden Vermummten, die mir unter die Arme gegriffen hatten, duschten sich jetzt gegenseitig ab.

Der Umzug, der mir eher als eine Art Spießrutenlauf erschien, begann. Vorneweg und in der Mitte der Feuchtspur marschierte der Orangefarbige wie ein Tambourmajor, gefolgt von dem von vier Trägern flankierten horizontalen Steinchen, und hinter der Mumie im Plastiksarkophag schritt triefnaß und vor Kälte schnatternd der Froschkönig, ständig von einem Baldachin herabrieselnder und -nieselnder Blausäure überwölbt.

Die Leute starrten und tuschelten. Manche schüttelten wie ungläubig den Kopf, andere preßten die Hand vor den Mund, wenn unser Zug sie passierte. Und als ich kurzfristig ins Taumeln geriet und mit einem Fuß den Rand der Naßzone überschritt, spritzten die mir am nächsten Stehenden auseinander wie ein Schwarm fingerlanger Fischchen, zwischen die man einen Kiesel geworfen hat.

Ein Mitglied der Nachhut herrschte mich an, ich solle gefälligst aufpassen und nicht noch mehr Unschuldige mit hereinziehen. »Oder«, so die abschließende rhetorische Frage, bevor er mir einen scharf gebündelten Strahl zwischen die Augen schickte, »hat Ihnen Ihr Umgang die letzten menschlichen Regungen ausgetrieben?«

Ich drehte mein Gesicht reflexhaft wieder nach vorn, so daß es sich anfühlte, als säge mir die nadelspitz auftreffende Flüssigkeit die Schädeldecke von den Augenbrauen über das Ohr bis zum Hinterkopf auf, bevor mein Hintermann die Düseneinstellung wieder entschärfte. Was konnte er mit seiner Bemerkung nur gemeint haben? Mein Umgang? Mein Umgang mit Bérénice? Aber der hatte mir die menschlichen Regungen doch nicht ausgetrieben. Im Gegenteil, der hatte mehr menschliche oder, um genau zu sein, mehr männliche Regungen erzeugt, als mir lieb sein konnte. Die Hormon- und Emotionsstaus, die sich daraus entwickelten, waren deshalb keineswegs Indiz eines unterkühlten Gefühlslebens, sondern im Gegenteil Begleiterscheinungen des zähneknirschenden sich Fügens in etwas, das Bérénice mit widerborstiger Ironie ›das Unvermeidliche‹ nannte. So als müßte die Lust gewisse Konsequenzen billigend in Kauf nehmen, obwohl ich in unserem Fall schon monatelang an den Folgen trug, ohne für meine Begriffe nachhaltig genug in den Genuß der Ursachen gekommen zu sein.

Sobald dieser Albtraum durchgestanden war, würde ich mich nicht länger fügen, sondern mir einfach nehmen, was mir zustand, beschloß ich, während mir die Galoschen übertraten. Die Frauen wollten es nicht anders. Steinchen, dessen Kopf zwei Schritt vor mir leise knisternd auf der Trage hin- und herrollte, vergnügte sich doch auch, wenn ihm der Sinn danach stand. Hätte jemand einen Flachmann vor seiner Nase baumeln lassen und ihn jedesmal hochgezogen, wenn er zugreifen wollte...

Weg war er. Der Köder – und der Geköderte. Steinchen hatte sich in Luft aufgelöst, und meine anderen Vordermänner gleich mit. Verblüfft hielt ich an und starrte das Stück Hauptstraße hinunter, auf dem weder in der Fahrbahnmitte noch an den Rändern eine Menschenseele zu sehen war. Nicht einmal die überdimensionale Schneckenspur ging weiter. Nur die Doppelreihe der LKWs setzte sich lückenlos bis zum Scheitelpunkt der Steigung fort.

Offenbar war meine vom Schnaps beflügelte Phantasie

mit ihrem Latein am Ende und wußte sich keinen anderen Rat mehr, als die widersinnigsten Nachtmahre im Handstreich aus dem Verkehr zu ziehen. Gleich würde auch die restliche potemkinsche Szenerie in sich zusammenstürzen und Grünfinks Stimme in mein Bewußtsein dringen: »Jetzt wachen Sie doch endlich auf! Gute Nachrichten, Herr Patzer. Alles in Butter. Und Ihre Freundin wartet auch schon auf Sie.«

XII.

»Links rum, Patzer!« So klang das, was ich wirklich zu hören bekam. Und als ich unsicher und zögerlich herumschwenkte, war alles wieder da: der Streifen, der orangene Tambourmajor, Steinchen-auf-dem-Brett, das Städterspalier – und noch einiges mehr.

Die Zugspitze war nämlich zum Marktplatz abgebogen, und auf dem hatte in einer Nacht- und Nebelaktion, wie man sie von Schaustellern und anderem fahrenden Volk gewohnt ist, ein Zirkus seine Zelte aufgeschlagen. Während wir uns in wiederhergestellter Marschordnung auf den Eingang zubewegten, musterte ich die fliegenden Bauten durch den bläulichen Regenvorhang, der vor meinem Gesicht hin- und herfächelte. Was war es nur, das mich störte? Die geduckten Zeltformen? Die für meine Begriffe reichlich solide Absperrung, die weniger an einen Zaun als an ein Raubtiergatter erinnerte? Die Zahl und Anordnung der Zirkuswagen? Die kalte und grelle Beleuchtung ohne die üblichen mit bunten Birnen bestückten Girlanden und die flackernde Reklame über der Kasse? Überhaupt gab es keine Plakate, keine Werbung, nicht einmal der Namenszug des Unternehmens prangte auf einem gewöhnlich zwischen den Hauptmasten aufgespannten Transparent.

Aber bestimmt kam das noch. Was ich sah, war das Arbeitslicht für den Aufbau und ein Halbfertigprodukt. Morgen abend würden sie mit einer Galavorstellung eröffnen, und alles würde sein, wie es sich gehörte: großmäulig und überschminkt wie ein Clown, kumpelhaft spektakulär, Abend für Abend einmalig und sensationell, auf vielfachen Wunsch verlängert und dann doch, obwohl schon fast festgewachsen und eingemeindet, im Morgengrauen spurlos verschwunden.

Oder dieser Umzug war schon eine Werbeaktion. Nur nicht mehr auf den alten ausgetretenen Pfaden, auf denen die Elefanten, Lamas und Dromedare weiland vom Güterbahnhof zum Zeltplatz geführt wurden. Hier hatte sich jemand etwas einfallen lassen, was einfach Furore machen mußte. Keine Trapezkünstler mehr, sondern Katastrophenakrobaten; statt des Feuerschluckers ein Langstreckentrinker und Saufaus, der ansetzte, was kam; an Stelle von Raubkatzen ein veritabler Mörder und die größte Nummer überhaupt: Bérénice Sterntaler, die erste und einzige Zufallsdompteuse der Welt, pariert vor aller Augen die wahllos niederprasselnden Schicksalsschläge.

In meinem Kopf trafen Hagelkörner auf ein Stück Blech. Schuld daran waren nicht die Parzen, sondern meine klappernden Zähne. Ohne Frage spielte meine Hautfarbe inzwischen dank der überall an mir herunterrinnenden Tinktur und der dadurch bewirkten Unterkühlung ins Ultramarine, und damit würde ich auch nach meinem Freispruch von der Anklage des Totschlags als Blaumann in jeder Manege mein Auskommen finden. Dann konnten sie meinetwegen getrost wieder Tiger anschaffen, und ich sah mich schon nach der Vorstellung in ihren Wagen kriechen, wo ich die Hitzewallungen der Leiber suchte und meine tauben Glieder in ihren Fellfalten begrub.

Eine Tatze legte sich auf meinen Oberarm und hinderte mich am Fortkommen. Sie gehörte dem Portier. Er war körperlich nicht weniger eindrucksvoll entwickelt als Steinchen, der jetzt neben mir aufgebahrt lag, befand sich aber kostümmäßig noch ebenso im Rohbau wie der Zirkus, den er repräsentierte. Statt der zu erwartenden Operettenuniform trug er einen unordentlichen weißen Kittel, und seine Haarkappe war ihm soweit verrutscht, daß die pechschwarzen Locken darunter hervorquollen.

»Die Eintrittskarten?« verlangte er.

Der Orangefarbene zog zwei Formblätter mit Trauerrand aus der Brusttasche, überreichte sie ihm und tippte sich mit abgespreiztem Ellenbogen lässig an das Visier.

»Zweimal V-1 für den Entkeimer«, nuschelte er durch die Atemmaske.

Der Kontrolleur studierte die Unterlagen und machte dann zwei Häkchen auf einem Computerausdruck.

»Hoffentlich schleppt ihr nicht noch mehr an. Die Logenplätze sind ausgebucht. Und auch sonst ist das Boot ziemlich voll.«

»Verklickern Sie das der Einsatzleitung. Wir tun nur, was uns gesagt wird.«

Der Bekittelte fingerte an seinem Sprechfunkgerät herum und verlangte zwei Träger.

»Und nehmen Sie ihm die Handschellen ab.«

»Aber unser Befehl...«

»Papperlapapp! Da drinnen gelten andere Gesetze, und außerdem muß er sich ausziehen.«

»Auf Ihre Verantwortung.«

Es war ein herrliches Gefühl, die Hände wieder frei bewegen zu können und an der Hosennaht herabbaumeln zu lassen. Meinen Wohltäter schien das allerdings herzlich wenig zu kümmern. Er deutete mit dem Daumen auf eine Pendeltür aus rußfarbenem Plexiglas.

»Da gehen Sie jetzt rein, entkleiden sich vollständig, deponieren Ihre Sachen in dem bereitstehenden Container, zählen bis zehn und verlassen die Kabine auf der anderen Seite. Dem Kollegen dort sagen Sie bloß...«, er fuhr mit dem Finger die Liste ab, »wo stecken Sie denn..., ach ja, Ketzer V-1; dann weiß er Bescheid.«

»Patzer«, brachte ich nahezu unbeschädigt durch die häckselnden Zähne.

»Meinetwegen auch das. Lutschen Sie!« Mit einem routinierten Doppelgriff hatte er mir den Unterkiefer heruntergeklappt, den Mundschutz ein Zipfelchen gelüftet und mir eine Tablette unter die Zunge gedrückt. Sie war süß und klebrig. »Gut so. Fein. Jetzt kann nichts mehr schiefgehen. Und ab durch die Mitte.«

Die Pranke schob mich auf das düstere Rechteck zu, über dem in Klinikbeschilderung zu lesen war: SCHLEUSE V-1 – V-3. Erst jetzt fiel mir auf, daß ich schon längere Zeit nicht mehr im Regen stand und also wohl Hals über Kopf in die Traufe befördert werden sollte.

Obwohl die Tablette sich noch nicht restlos aufgelöst hatte, lag mir die Zunge seltsam warm und schwer im Mund und bewegte sich ungern.

»Was heißt ... V ... eins ... bitte ... schön ...?«

»Höchste Virulenz. Sie sind erste Wahl. Im Grunde dreht sich der ganze Zirkus hier um Leute Ihrer Güteklasse. Glückwunsch. Genießen Sie's, solange es dauert.«

Das können sie nicht machen, dachte ich, nicht mit mir, während ich wie aufgezogen die wenigen Schritte bis zur Schleuse hinter mich brachte. Aber von der Mundhöhle und nun auch vom Magen ausgehend durchströmte mich ein derartiges Wohlbehagen, daß der Kopf so machtlos dagegen war, als sei er vom Rumpf abgetrennt. Alles wieder gut, alles bestens, pumpte es mit jedem Herzschlag durch die Adern, und die Angst vor dem, was drinnen auf mich wartete, steckte hilflos in der Zwangsjacke wie ein Geistesgestörter. Nicht einmal zum Ausspucken der Drogenreste, die ich noch auf der Schleimhaut spürte, reichte ihre Überredungsgabe.

In der Kabine waberte glutrotes Licht, als koche unter meinen Füßen ein Lavasee. Die Temperaturen waren entsprechend, und ich hätte mich in diesem Backofen auch ohne die Lautsprecherdurchsage, die mich zum Entkleiden aufforderte, freigemacht. Es dauerte eine ganze Zeit, bis ich mich aus den durchweichten, am Leibe klebenden Sachen geschält hatte, und als ich sie auf eine erneute Anordnung hin in eine Art Müllschlucker stopfte, rannen mir statt der Blausäure die Schweißperlen über das Gesicht.

»Und jetzt drehen Sie sich langsam um Ihre eigene Achse und zählen bis zehn«, sagte die Stimme.

Ich ging zur Ausgangstür und zog. Nichts. Ich drückte. Wieder nichts. So wie ein Lotse das ihm anvertraute Schiff durch den Ebbesog vorwärtsbringt, manövrierte ich meinen unwilligen Körper zum Eingang. Und ruckelte. Und ruckelte.

»Und jetzt drehen Sie sich langsam um Ihre eigene Achse und zählen bis zehn«, sagte die Stimme, ohne die Intonation zu verändern. Sie kam vom Band und war so teilnahmslos wie die Kameralinsen, die mich aus den oberen Kabinenecken anstarrten.

Ich konnte mich weiterhin nicht zwischen einem pulverisierten Kernkraftwerk und der sich über das Land legenden Schleppe radioaktiver Satellitenasche entscheiden. Aber daß ich hochgradig verstrahlt war, daran zweifelte ich inzwischen nicht mehr. Sie würden jetzt die Ganzkörperdosis noch einmal exakt nachmessen, und wenn ich wirklich zu den hoffnungslosen Fällen gehörte – ja, was dann? Was machten sie in diesem Zirkus der dritten Art mit den V-Leuten, außer sie zu sortieren; V-1 gleich hochgradig, V-2 gleich mittelschwer, V-3 gleich leicht verseucht?

Die Angst zappelte wie eine Fliege auf der Leimrute der Psychopharmaka, die man mir verabreicht hatte, und verfing sich immer weiter im chemischen Netz. Hilflos und ausgeliefert. Opfer. Das Opfer unglücklicher Umstände, die einen einwickelten, so wie die Spinne den Fangfaden langsam auf die zwischen ihren Beinen rotierende Beute spult.

Ich drehte mich willenlos in der Zelle. Eine Gebetsmühle

am Rand des sich jetzt mit schwefelgelben Lichtblitzen entladenden Vulkans: Bérénice hilf! Bérénice bitte für uns! Bérénice, gebenedeit bist du unter den Weibern...

»Bitte weitergehen. Bitte weitergehen.«

Auf der Ausgangstür blinkte ein grüner Pfeil. Ich zog, es klickte. Die Hölle öffnete ihre Pforten.

An einem Pult hinter der Trennscheibe saß ein Engel in einem schneeweißen Gewand, der mich durch das Glas hindurch übermüdet ansah. Gebenedeit unter den Weibern waren hier auch noch andere. Und wenn sie erst einmal ausgeschlafen hatte, mußte sie vollends überirdisches Format erreichen. Ich schämte mich. Nicht weil ich auf den Gedanken kam, wir könnten unser Schlafdefizit der Bequemlichkeit halber doch gleich im selben Bett decken, sondern weil ich splitternackt dastand und sie – gewandet eben.

»Bestimmt haben Sie mir etwas zu sagen«, säuselte es zur Begrüßung aus dem Jenseits, in dem Milch und Honig flossen.

Ich hatte, und ob! Erst die Parole, die mir der Lockenkopf eingeschärft hatte, und dann noch einiges mehr. Aber der Drogenknebel stopfte mir immer noch den Mund.

»Patsch... patsch... patsch...«, stellte ich mich vor; dann war endgültig Sendepause.

Sie schien die Symptome zu kennen, suchte in ihrem Datenspeicher nach einem ähnlich lautenden Namen, legte mit einer grazilen Gebärde ihren Zeigefinger auf den Monitor.

»Und jetzt die Zunge.«

Ich war perplex. Aber auch diese Reaktion begegnete ihr wohl des öfteren, denn schon machte sie es mir vor. Reden wir nicht von der erotischen Ausstrahlung jenes geringgeschätzten, wenn nicht verunglimpften Körperteils, das sich dort zwischen den Zähnen hervorwagte, über die Oberlippe tänzelte und mit koketter Schüchternheit weiter und weiter... Meine Sprechorgane mochten gelähmt sein, andere Werkzeuge aber erwiesen sich weiterhin als einsatzbereit. Noch einen Augenblick länger, und ich hätte das prächtige Ahornblatt, das sich vor noch nicht vierundzwanzig Stunden auf dem Regenwasserkanal eingeschifft hatte, auf eine ebenso malerische wie notdürftige Weise in Anspruch nehmen können.

Einfühlsam, wie Engel nun einmal sind, brach sie die Demonstration gerade noch rechtzeitig ab. Wie gewünscht streckte ich dem Seraph nun meinerseits die Zunge heraus. Sie würdigte sie nur eines darüberhinflackernden Blicks, sagte: »V-1, ... danke«, gab das Kürzel hinter meinem Namen ein, taxierte mich noch einmal flüchtig von oben bis unten, rund um die Hüften und vielleicht auch ein bißchen tiefer, unterdrückte ein Gähnen und fütterte den Computer dann mit einer langen Buchstaben- und Zahlenkolonne.

Der piepte, schaltete und waltete kurzzeitig im Verborgenen, gab wieder Ruhe. Dafür rumpelte es nebenan, und aus einem Wandschlitz klatschte mir ein dünnes Paket vor die Füße.

»Wenn Sie das jetzt bitte anziehen würden... und dann... dann immer der... Markierung... nach...«

Dem Engel fielen vor Erschöpfung die Augen zu. Aufrecht wie eine Sphinx saß sie hinter ihrem Pult und schlief. Während ich die für die Witterung reichlich luftigen Kleidungsstücke aus der Verpackung zog und überstreifte, hörte ich ihre regelmäßigen und tiefen Atemzüge.

Der Raum hatte vier Türen, die, durch die ich gekommen war, und drei an der dem Pult gegenüberliegenden Wand. Wie zu erwarten, ließ sich wieder nur eine davon öffnen. Sie trug dasselbe Muster, das auch meine Sachen zierte: leuchtend gelbe Flecken auf lackschwarzem Grund.

Ich blickte in einen aus durchsichtigen Kunststoffröhren zusammengefügten Gang, der zu einer Art Wagenburg in der Mitte des Platzes führte, die aber durch die verkratzte Oberfläche des Materials hindurch nur schemenhaft auszumachen war. Als ich mich unsicher noch einmal umdrehte, sagte der Schutzengel mit geschlossenen Lidern »Auf Wiedersehen«.

Das hoffte ich auch und machte mich zwischen den gelb bepunkteten Führungsbändern mit eingezogenem Kopf und gebeugten Schultern auf den Weg, denn der Gang war niedriger als ein Bergwerksstollen. Je näher ich meinem Ziel kam, desto unwirklicher wurde das aus walzenförmigen Segmenten bestehende Rondell mit seinen erleuchteten Fensterschlitzen, Stutzen, Antennen und klobigen Verbindungsklammern. Außerdem stand es gar nicht auf Rädern oder Lafetten, wie ich aus der Entfernung angenommen hatte, sondern war an einem Stahlpylon aufgehängt wie ein dicht über dem Boden schwebender riesiger Adventskranz.

Wir hatten eine Raumstation mit echtem Algentank und nachrüstbarer Vakuumkammer in der Produkterprobung, die so ähnlich aussah und eine Messesensation werden würde. Aber auf diesem Gebilde stand nicht ›LOO-DO Space‹, sondern ›MOBIQUA‹, und in ein Kinderzimmer paßte es auch nicht.

Der Gang mündete in einen Faltrüssel, der wie eine Saugglocke auf der Außenhaut des Ringes aufsaß und eine Art Flugzeugluk umschloß. Ich drückte auf den einzig sichtbaren Knopf. Das Luk klappte langsam nach unten, gab die Treppe frei.

In der Öffnung stand ein gelbschwarzer Feuersalamander und beugte sich hilfsbereit zu mir herunter.

»Willkommen im Orbit, Patzer«, sagte der Grünfink.

Die Hände auf dem Rücken verschränkt kletterte ich an Bord.

XIII.

Ein schnell näherkommendes Rumpeln und Pumpeln, Poltern, Dröhnen und Stampfen. Alles schwankte, alles bebte. Eine Kohorte im Salamander-Khaki prustete vorbei und verschwand um die nie aufhörende Biegung. Kreislauf für den Kreislauf, ein Blutpfropfen in Zirkulation. Auf die erlösende Thrombose wartete ich Durchgang um Durchgang vergebens.

Das Morgentraining der mitinternierten Bereitschaftspolizisten war eine Tortur, denn mir dröhnte der Schädel auch so. Es handelte sich wohl um den Nachhall jenes erlebnisreichen Tages, der mich so gründlich durcheinandergewirbelt, entblättert und fast um den Verstand gebracht hatte. Der reichte am Ende gerade noch soweit, mich vom Grünfink unterhaken und auf eine der Pritschen verfrachten zu lassen. Ich bekam des weiteren mit, daß ich ein wandelnder Seuchenherd sei und folglich in der mobilen Quarantänestation, in der wir uns befanden, bestens aufgehoben war. Dann fiel die Klappe.

Abgesehen von den stechenden Kopfschmerzen, zerschlagenen Gliedern, der Übelkeit, dem brennenden Durst, der giftfeisten Kröte, die mir zwischen den Zähnen lag und immer noch ein Eigenleben zu führen schien, sowie der anhaltenden psychischen Zerrüttung konnte ich nicht klagen. Ich starrte unter die Decke des freischwebenden Tunnels, zählte die Runden der Jogger, die mit der Unausweichlichkeit einer sich selbst überlassenen Modelleisenbahn im Abstand von einer Armlänge an meiner Liege vorübertrampelten, und harrte der Dinge, die außer ihnen noch kommen sollten.

Das erste ließ nicht allzulange auf sich warten. Es handelte sich um ein Stethoskop, das auf meinem entblößten

Brustkorb aufgesetzt wurde und hin- und herzuhüpfen begann wie eine Heuschrecke, der der Boden unter den Füßen zu heiß geworden ist. Dann mußte ich mich umdrehen, und das Spielchen wiederholte sich auf meinem Rükken. Schließlich durfte ich die Jacke wieder überziehen, und der Vierkantschädel zwischen den Ohrstöpseln tat den Mund auf und sagte: »Ist nur wegen der Schauergeschichten, die hier kursieren.« Und nach einer kurzen Pause setzte er hinzu: »Klingt rundum normal.«

Das wollte ich nach allem, was ich durchgemacht hatte, nicht auf mir sitzen lassen.

»Ich bin ein wandelnder Seuchenherd«, hielt ich dagegen, freudig überrascht, daß mir meine Sprechwerkzeuge wieder gehorchten.

»Wer sagt das?«

»Der Grünfink.«

»Aha. Aber der war doch gar nicht dabei. Direkt, meine ich, und kennt nur die offizielle Version. Wir beide wissen es besser, nicht wahr?«

Ich fühlte mich geschmeichelt und nickte.

»Auch epidemiologisch sprechen gewichtige Gründe für diese Veranstaltung, fraglos, aber vor allem nachrichtentechnisch und informationspolitisch ist sie eine absolute Notwendigkeit. Man muß das wohldosiert unter die Leute bringen, sozusagen tropfenweise, finden Sie nicht?«

Wovon redete dieser Irre? Hatte er es sich zur Aufgabe gemacht, die geheimnisvolle Krankheit, die uns in dieser offenbar hermetisch von der Außenwelt abgeriegelten Endlostonne zusammengewürfelt hatte, späterhin doch noch mit List und Tücke unter seinen Mitmenschen zu verbreiten? Oder ging der Virus aufs Gehirn? Dann sah ich womöglich ein Spätstadium jenes Krankheitsverlaufs vor mir, der auch bei mir schon mit geistigen Verwirrtheitszuständen und Desorientierungserlebnissen einherging.

Also bloß keine Widerworte.

»Auf jeden Fall«, sagte ich deshalb und schloß eine beiläufige Bemerkung an, um ihn von seinen Verbohrtheiten abzubringen: »Sind Sie der Stationsarzt hier?«

»Kann man so sagen. Eigentlich praktiziere ich im Ort. Aber bei der Internierung ergab es sich ganz von selbst, daß ich an Bord die medizinische Versorgung übernehme. Wo ich doch als V-1 ohnehin aus dem Verkehr gezogen werden mußte. Ich heiße übrigens Mause, Dr. Heribert Mause. Wir werden uns noch ein paar Tage über den Weg laufen, und da macht man sich am besten gleich bekannt.«

»Mein Name ist Malte-Laurenz ...«

»Aber Herr Patzer, das weiß hier doch jeder.«

»So?«

»Sie sind stationär bekannt wie ...« Er suchte nach dem richtigen Ausdruck.

Ich sah auf meine gelben Punkte, dann auf seine gelben Punkte. Er folgte dem Blick und las meine Gedanken. Vielleicht hatte er doch nur partielle Ausfälle. »... wie ein bunter Hund.« Gleichzeitig lachten wir los.

Die Einsatztruppe kam vorbei und wunderte sich. Ich erkannte das Gesicht des Fahrers, der den Stapellauf bewerkstelligt hatte und halb fasziniert, halb abgestoßen herüberäugte – so, als hätte ich zwei Köpfe. In Wirklichkeit hatte ich mindestens vier, die sich aber alle in einem Schädel zusammendrängten und sich gegenseitig den Platz streitig machten. Der Heiterkeitsausbruch hatte den Innendruck bis zum Platzen erhöht. Ich ließ mich auf die Pritsche zurücksinken und preßte die Fäuste gegen die Schläfen.

»Bunt und hundeelend.«

»Eigentlich ausgeschlossen. Das Anti-Hysterikum, das Ihnen verabreicht wurde, steckt zwar noch in der klinischen Erprobungsphase, aber bisher ist an Kontraindikationen lediglich ...«

Ich stöhnte offenbar nachdrücklich genug, um ihn zum Abbruch seines Referats zu bewegen. Er holte einen Pappbecher voll Wasser, öffnete seine Tasche, kramte, fand ein Tütchen, riß es auf, streute das Granulat hinein, rührte in Ermangelung eines Löffels mit dem kleinen Finger um und gab mir das Ganze zu trinken.

»Sind Sie Alkoholiker?«

»Wieso?«

»Weil Benzodiazepine keine Schnapsfahne erzeugen.«

»Gestern abend floß der Korn bergauf. Da kann man sich doch nicht ausschließen.«

»Zeigen Sie mir Ihre Zunge.«

Das schien hier eine Art Gesellschaftsspiel zu sein. Aber ich wollte meine Ruhe und tat ihm den Gefallen. »Mein lieber Mann, er floß nicht, er strömte. Aber gerade das bringt die Wissenschaft weiter.«

»Wie schön für sie.«

Ein zweites Mal ließ er sich nicht beirren.

»Alkoholabusus ist in kollektiven Streß- und Gefahrensituationen, wie sie das Anwendungsfeld dieses Präparates definieren, alles andere als selten. Ergo...« er hob den Zeigefinger, »waren die Tests mit nüchternen Probanden gar nicht realitätsgerecht. Sie, Herr Patzer, sind unter Ausnahmebedingungen einfach der Regelfall.«

Ich kannte solche Töne von unseren Spielpsychologen und Produktdesignern, die überfallartig Kindergärten, Schullandheime und Ferienlager heimsuchten, um ihre Versuchsserien durchzuführen und die anderen Abteilungen mit altersgruppenrepräsentativen Faszinationsdiagrammen, Akzeptanzkurven und Iterativkontakt-Reliefs zu überschwemmen. Und so viel hatte ich beim Zuschauen gelernt: Immer wenn sie sich zu einem Lob herabließen, hatten sie Hintergedanken, und wenn sie Hintergedanken hatten, lief das mit Sicherheit auf eine Zumutung hinaus.

»Haben Sie einen Beratervertrag mit dieser Firma, oder was?«

Richtig geraten. Vielleicht hatte Bérénice doch stärker auf mich abgefärbt, als das während unseres täglichen Umgangs miteinander zu bemerken war. Nur war ihm diese geschäftliche Liaison von Volksgesundheit und eigenem Bankkonto keineswegs peinlich.

»Gewissermaßen. Ein Anruf, eine höfliche Anfrage, die wichtigsten Informationen. Warum soll man sich querstellen? Erstens ist die Katastrophenprophylaxe ein hochinteressantes Feld, und zweitens halte ich Beschäftigtsein gerade in unserer Situation für die beste Medizin. Nach ein, zwei Tagen in der Isolation, in der Automatik der Abläufe, der erzwungenen Untätigkeit sind Sie dankbar für die kleinste Aufgabe, heilfroh über jedes Quentchen Verantwortung, das Sie tragen dürfen. Schon bald werden Sie hier beneidet und angefeindet werden, wenn Sie etwas zu tun haben, und irgendwann kommt bestimmt jemand darauf, die sinnvollen Tätigkeiten zu rationieren oder Wechselschichten einzuführen. Also machen Sie es wie ich, decken Sie sich vorsorglich mit allem ein, was kommt. Beschäftigen Sie sich, sammeln und horten Sie Aufgaben, was das Zeug hält, sonst bleibt Ihnen im Handumdrehen die Zeit stehen ...«

Da hatte ich nicht die geringste Sorge. Dieser Mensch, der in seiner langjährigen Praxis bestimmt mehr Patienten durch Besprechen geheilt hatte als durch Pillen, würde nicht nur sich selbst, sondern mit Leichtigkeit auch noch die restliche Besatzung dieses Quarantäne-Karussells unterhalten und beschäftigen. Und zwar vor allem mit dem Problem, wie man seinem Wortschwall und den davon begleiteten Formen medizinischer Fürsorge entkam. Andererseits mußte ich aber auch zugeben, daß sein Pülverchen Wunder wirkte und mein Kopf so schnell wieder klar wurde wie diese milchige Flüssigkeit im Chemieunterricht, in die der Lehrer mit dramatischer Geste einen einzigen Tropfen Natronlauge hatte fallen lassen.

»... und die Pharmaindustrie fährt hier mit Lieferwagen an die Schleuse. Naja, dann hätte ich zwar wieder alle Hände voll zu tun, aber ...«

Ich zog die Notbremse. Lieber ausgefragt werden als zuschwadroniert.

»Was ist ein Anti-Hysterikum?«

»Ein Mittel zur Unterdrückung von Panikreaktionen und zur Erhöhung der Ansprechbereitschaft.«

»Und was wollen Sie wissen?«

Im gleichen Augenblick, als das leutselige Lächeln dessen, der seinen Willen durchgesetzt hat, seine – im übrigen des kollegialen Zugriffs dringend bedürftigen – Schneidezähne freilegte, schlossen sich sirrend auf der ganzen Station die Kabinentüren. Die Beschäftigungstherapie für den Polizistentrupp war vorerst beendet, der Kreisverkehr der Staffel ruhte.

»Welche körperlichen Reaktionen traten unmittelbar nach der Einnahme auf? Zittern, Mattigkeit – Sie wissen schon, was ich meine.«

»Wärme.«

»Gut. War diese Wärmeempfindung lokalisierbar?«

»Mund und Magen.«

»Wie lange hielt sie ungefähr an?«

»Bis ins Fegefeuer.«

»Sie meinen die Sterilisationsschranke?«

»Ja, den Entkeimer.«

»Weitere körperliche Symptome, abgesehen von den Spätfolgen, meine ich?«

»Keine.«

Er sah mich ungläubig an.

»Sind Sie sicher? Bei der Kleiderausgabe zum Beispiel ...?«

»Ach so, ja, ich war sprachlos.«

»Sonst nichts?«

»Was denn noch?«

»Eine gewisse sexuelle Reizbarkeit wäre denkbar. Wegen der erniedrigten Beeinflußbarkeitsschwelle und des situationsbedingten Exhibitionismus. Es gibt Berichte über Spontanerektionen, zum Beispiel. Sie sehen, Sie brauchen da kein Blatt vor den Mund zu nehmen.«

»Meine Fortpflanzungshydraulik war nicht in Betrieb.«

»Aber wenigstens eingeschaltet?«

»Auch das nicht.«

»Sehen Sie, da hätten wir schon ein äußerst bemerkenswertes Zwischenergebnis. Die segensreiche Wirkung des Alkohols. Man müßte das zufällige Zusammentreffen durch ein Kombinationspräparat nachahmen, oder besser noch, ganz weg von den Pillen oder Kapseln und statt dessen hochprozentige Tropfen. Leuchtet doch ein, oder?«

»Selbst einem blutigen Laien«, antwortete ich und nickte.

Bevor er schließlich ging, drückte er noch ein paar Mal auf einen Knopf, unter dem Bord-Service stand, dann auf einen anderen, der die Kabinentür öffnete. Einfach so, ohne Schlüssel, Zahlenkombination oder ähnliche Sicherungen. Also, folgerte ich erleichtert, konnte sich jeder der Insassen zumindest im Inneren der Quarantänetonne frei bewegen.

XIV.

Als Mause im Dienst der pharmazeutischen Panikforschung weiterzirkuliert war, holte ich so tief Luft, wie es die Umwälzanlage zuließ. Sie hatte anscheinend nur die Aufgabe, die Stickigkeit gleichmäßig zu verteilen und menschliche Ausdünstungen möglichst naturgetreu zu erhalten, denn es roch schon jetzt nach Schweiß und Umkleidekabine. Wahrscheinlich aber würde sich die echte U-Boot-Atmosphäre im weiteren Verlauf der Übung erst noch einstellen.

Ich nutzte das Intervall relativen Wohlbefindens und des Unbeschäftigtseins, um mich in meiner neuen Umgebung zurechtzufinden. Ich steckte in einem vielleicht zweieinhalb Meter breiten abgeschotteten Röhrensegment, das auf der einen Seite mit zwei übereinander angebrachten Liegen ausgestattet war. Das Bett über mir war nicht belegt und hochgeklappt. Als ich mich beim Aufstehen daran festhielt und es unbeabsichtigt herunterzog, entdeckte ich dahinter ein längliches Sichtfenster, das den Blick auf das Hauptzelt, ein Stück des durchsichtigen Verbindungstunnels zur Eingangsschleuse, auf das uns umgebende Gatter sowie die dahinterliegende Häuserzeile freigab.

Obwohl gerade ein Trupp von grünkarierten Frauen mit einem auf Rollen montierten dampfenden Kessel auf das Zelt zusteuerte und eine Traube faszinierter Schulkinder an der Absperrung hing, riß ich mich los, der Erkundung der unmittelbaren Umgebung den Vorrang vor weiteren Aussichten einräumend. Dabei war die Ausbeute, zumindest auf den ersten Blick, durchaus bescheiden. Jenseits des Mittelganges, der die halbierten Schiebetüren, wie man sie auch in Untergrundbahnen findet, verband, gab es nämlich außer einer vom Boden bis zur Decke reichenden metallenen Schrankwand wenig zu entdecken. Ich ruckelte erfolglos an einigen Griffen – sie besaßen Schlösser – und wollte eben beginnen, die an der linken Schottwandung angebrachte Tafel mit der Aufschrift »MOBIQUA Ernstfallregeln« zu studieren, als das Poltern und Rumpeln, zu dem sich inzwischen ein Quietschen und Quieken gesellt hatte, wieder einsetzte und mich zurück auf meine Pritsche scheuchte.

Ich hörte zwei, drei Türen auf- und zugleiten, hatte eben noch Zeit, mich auszustrecken, die Arme hinter den Kopf zu verschränken und die Augen zu schließen, als es hereinbrach.

»Oha! Der Herr ist sozusagen nicht ansprechbar, abwesend, entrückt, entschlafen, gar nicht vorhanden. Das könnte dir so passen, du krummer Hund. Ich hätte dich gleich in die Mangel nehmen sollen, Patzer, dich und jede einzelne deiner dreckigen Bazillen. Abknipsen, ausschalten, pasteurisieren ...«

Ich hing unter einer weißen Kochmütze in den Fäusten eines unbändigen Zyklopen, der mich so durchrüttelte und durchschüttelte, daß meine Zähne trotz des sich zunehmend aufheizenden Mikroklimas mit dem Aufeinanderschlagen kaum nachkamen.

»... Erst die Keime, dann die Ratte, die sie uns allen angehängt hat. Jawohl, du bist gemeint, du und dein scheinheiliger Augenaufschlag. Aber das haben wir gleich. Das haben wir sofort. Ruckzuck trübt sich sozusagen der eine ...« Er spuckte mir ins Auge, »ruckzuck der andere Unschuldsblick. Und weil du mich gestern abend so hübsch eingewickelt hast mit den Geschichtchen von deinem pflichtvergessenen Schutzengel, werde ich dich jetzt zur Belohnung auspacken. Lage für Lage ...« Ein Rucken, ein Reißen, schon hing der eine, dann der andere Jackenärmel in Fetzen, »freilegen, bis wir das Übel ...« Die Seitennähte öffneten sich zwischen seinen Pranken, als wäre der Stoff bloß übereinandergelegt gewesen, »mit Stumpf und Stiel...« Jetzt war die Hose dran, ich wehrte mich, er holte zu einem Faustschlag aus, »ausgerottet haben.«

Ich schnellte zusammen wie ein Klappmesser, denn der wohlplazierte Hieb hatte nicht meinem Kopf, sondern jenem Organ gegolten, an dem auch die Katastrophenmedizin ein größeres Interesse zeigte als an dem Weichteil unter der Schädeldecke. Damit aber hatte mein Bloßsteller den falschen Hebel in Bewegung gesetzt. Eines der im Reflex hochfahrenden Knie kollidierte nämlich mit seinem Kinn, das andere hebelte ins Zentrum jener blau verquollenen Zone, die der Grünfink erst gestern mit seiner Hände Arbeit angelegt hatte.

Ich hörte das beinharte Krachen, dann wurde neben meiner Pritsche ganz unsanft ein Mehlsack abgeladen. Wer ihn bestellt hatte, kümmerte mich nicht im geringsten, denn in den nächsten Minuten war ich ganz in meiner Mitte. Nie wieder würden meine Keimdrüsen ihren Bestimmungen nachkommen, nie wieder würde ein Anti-Hysterikum nebenwirken, soviel stand fest. Aber auch diese Gewißheit focht mich nicht an. Ich wollte nur, daß dieselbe Spedition die unerträglichen Qualen wegschaffte, die ich litt, und zwar bevor ich vor Schmerzen verrückt wurde. Aber mit dem Aufladen ging es nicht so schnell. Erst eine Schippe, dann Zigarettenpause, Kippe, Schippe, Kippe, Schippe. Oder so kam es mir zumindest vor. Nach einer Ewigkeit war von den Geröllmassen, die sämtlich auf zwei zerquetschten Steinchen lasteten, wenigstens soviel weggeräumt, daß ich meine Embryohaltung, in der ich auf die Seite gerollt war, in Zeitlupe wieder auflösen und die Beine ebenso langsam vom Körper wegschieben konnte. Als mein rechtes Knie, das in Grünfinks Büro mit dem Stuhl und in meinem derzeitigen Aufenthaltsraum mit einer

Kinnlade aneinandergeraten war, einen eben stumpf zu nennenden Streckungswinkel erreicht hatte, knackte und knirschte es einmal vernehmlich, und die Schmerzen in der Leistengegend waren wie weggeblasen. Sie hatten nämlich, einer plötzlichen Eingebung folgend, die Anschrift gewechselt und waren in eine Körperregion umgezogen, wo die Schwellkörper noch bestens funktionierten. Hinter dieser Pufferzone gedachten sie sich offenbar auf Dauer einzurichten.

Mit jetzt unbeweglichen, da zusammengebissenen Zähnen betastete ich das rasch versteifende Gelenk und sah zu, wie sich der Hosenstoff über den neuen und üppigen Rundungen meines Fleisches erst glättete, dann spannte. Außerdem erschien ein zweiter Bluterguß in meinem Blickfeld, der aber nicht mehr in die Breite, sondern nach oben strebte und die linke Gesichtshälfte meines Besuchers durchgreifend umgestaltet hatte.

Der stützte sich an der Wand ab, rückte mit der anderen Hand seine ramponierte Kopfbedeckung wieder an Ort und Stelle und ließ dann ein tränendes Zyklopenauge auf mir ruhen, aus dem alles Nachtragende gewichen war.

»Nun mach schon weiter, Steinchen«, brachte ich in einem Schmerzwellental über die Lippen.

»Nichts für ungut, Patzer. Kommt nicht wieder vor. Sozusagen mein Ehrenwort drauf. Aber du mußt das verstehen; hier sind doch alle sauer auf dich, weil...«

»Das Bein, worauf wartest du noch, du Trottel?«

»Eine reine Kurzschlußreaktion, glaub mir. Noch als ich hier hereinkam, hatte ich nichts Böses...«

»Reiß mir das Zeug auf, oder ich – kenne dich nicht mehr. Los doch! Schnell!«

Endlich sah er die Bescherung und begriff, was ich wollte. Der Stoff schnitt inzwischen über dem Knie wie ein Seil in die Schwellung, und mit jedem Herzschlag, der neues Blut in das Katastrophengebiet pumpte, wurde die Situation unausstehlicher.

Ich schrie, kaum daß er anfing zu zerren. Aber schon ratschte es, als ginge ein Riß durch die Metallhülle der halben Station, dann war mir, als würde die Tunneldecke abgeklappt und ich läge unter freiem Himmel in der feuchten Frische eines Herbstmorgens. Wie ein Neugeborenes tat ich meinen ersten, meinen tiefsten Atemzug.

Als ich wieder ganz zur Welt gekommen war, bemerkte ich, daß Steinchen mich im Bett halb aufgesetzt und mir zwei Deckenrollen unter die Kniekehle geschoben hatte, über der es punktuell zwar immer noch aufrührerisch zuging, wenngleich sich das allgemeine Drumherum zwischen den Kleiderfetzen schon aushaltbarer anfühlte. Steinchen zog den Wagen herüber, den er beim Betreten des Abteils wie der Steward einer Fluggesellschaft vor sich hergeschoben hatte und entnahm ihm eine Portion stilecht verpackter Bordverpflegung.

»Ach ja, der Morgen danach«, nickte er, schob mir die Schachtel auf den Bauch und klappte sie auf. »Jetzt frühstück erst mal. Das weckt die Lebensgeister, hebt die Stimmung und verfeinert das grobkörnige Weltbild.«

»Mußt du grad sagen, Steinchen.«

Irgendwo hinter mir erwischte ich einen Ärmelrest, mit dem ich mir den Schweiß vom Gesicht wischen konnte. Steinchen hantierte inzwischen mit dem Kaffee, schenkte mir einen Becher voll und reichte ihn herüber.

»Nicht mehr ganz heiß, leider. Aber du bist der letzte. Die anderen waren alle schon um halb sieben, sieben auf den Beinen.«

»Du auch?«

»Sicher doch. Warum hätte man den Smutje sonst auf der Anreise vorschlafen lassen?«

»Eine vorausschauende Organisation, alles was recht ist.«

Ich trank einen Schluck und biß in das Brötchen, das so schmeckte, als sei es schon mehrmals um die Welt geflogen. Wiederkäuend bewunderte ich seine Pferdenatur und die zupackende Hilfsbereitschaft, über die dieser Grobian verfügte, sobald man sie mit schlagenden Argumenten zu wecken verstand.

»Und wieso, Steinchen«, erkundigte ich mich bei ihm, »wieso mögen mich die Leute nicht?«

»Denk mal scharf nach.«

»Hilf mir auf die Sprünge. Schließlich habe ich niemandem ein Haar gekrümmt.«

»Aber angesteckt hast du sie.«

»Womit denn, zum Teufel? Bei LOO-DO holt man sich höchstens Kinderkrankheiten, und wegen Mumps oder Masern werden sie diesen ganzen Wirbel ja wohl nicht veranstalten.«

»Blattern.«

»Wie bitte?«

»Schwarze Blattern. Eine mutierte, höchstgradig anstekkende Form, sagt der Arzt. Du bist ein wandelnder Seuchenherd, und alle, die unmittelbar mit dir in Berührung gekommen sind, wahrscheinlich auch.«

»So ein hirnverbrannter Blödsinn. Nicht mal die Aufschneider von unserer PR-Abteilung ...«

»Zeig deine Zunge.«

»Jetzt fängst du auch noch damit an.«

Statt die Diskussion fortzusetzen, fuhr er seinen Muskel aus. Was ich sah, setzte mir zu. Nicht, weil ich das liebliche Rosa der Empfangsdame erwartet hätte. Oh nein, auf ein stark belegtes Krebsrot war ich schon eingestellt gewesen, nicht aber auf diese finstere und geteerte Schwärze.

»Mein Gott, Steinchen, ist das ... soll das ... hat das ...«

Mit fliegender Hast angelte ich nach seiner Warmhaltekanne, polierte die Ummantelung mit einem Stoffetzen blank und verschaffte mir so Einblick in das Innenleben meiner Mundhöhle. Ein verrußtes Ofenrohr, ein Kohleflöz mit schwarzlackiertem Schremmer, der von einer Endmoräne aus Pechblende halb versperrte Eingang zur Unterwelt lagen vor mir. Und dieser Orkus würde mich mit den übrigen Opfern leibhaftig verschlingen, sobald die Krankheit zum Ausbruch kam. Warum waren wir nicht schon längst geimpft oder anderswie behandelt worden? Weshalb geschah nichts außer Desinfektion und Isolation? Vielleicht – weil nichts anderes geschehen konnte? Weil sie kein Gegenmittel besaßen wie bei Krebs oder Aids und einen statt dessen mit Ruhigstellern und Anti-Hysterika vollpumpten, bis das letzte Stündlein schlug? Diese an ihrem stählernen Mittelgalgen aufgehängte Todeszentrifuge preßte den Insassen langsam den Lebenssaft ab; aus Knötchen und Bläschen würde er tropfen, aus zahllosen Pusteln eitern. Der Reihe nach würden sie, auf den Pritschen zerlaufend, ihren Geist aufgeben, wenn sie nicht schon vorher den Verstand verloren, Amok liefen oder den oder die lynchten, die an dem ganzen Unglück Schuld sein sollten. Steinchens Kontrollverlust war Vorzeichen genug. Der Mob würde durch die sich öffnenden Türen auf mein Abteil zumarschieren, eine Hälfte von links, die andere von rechts. »Patzermann, jetzt bist du dran«, hörte ich auf der einen Seite skandieren, »Blatterich, gleich hat es dich«, grölte es von der anderen. Dann schloß sich die Zange. Dutzende von Armen wedelten vor meinem Gesicht, Hände stießen aus einem Dickicht wie Schlangenköpfe. ...
»Seid ihr denn völlig verrückt geworden? Zurück, wird's bald! Zurück da!« Rücksichtslos hieb der Grünfink mit seinem Gürtel in das Gebrodel. Eine Leuchtstoffröhre zersplitterte über den Köpfen, aber er peitschte aus Leibes-

kräften weiter auf sie ein, brüllend und fluchend. Doch erst als der Hauptkommissar auch auf der anderen Flanke Hiebe und Tritte zu verteilen begann, wich der Pulk bis zur Schrankwand zurück, überrascht, daß sich auch nur eine Hand zu meiner Verteidigung regte, aber weiterhin erpicht darauf, dem Schuldigen die noch makellose Haut über die Ohren zu ziehen.

»Macht sie alle drei fertig«, schrie ein Bereitschaftspolizist in der zweiten Reihe. »Los doch. Jawohl. Erst Patzer, und dann diese verdammten Blattern-Bullen«, tönte ein anderer, den ich nicht sehen konnte.

»Nur vorwärts, Leute, nur zu, wenn ihr den da auch noch belohnen wollt.«

Der Kommissar zeigte mit dem Finger auf mich. Überraschte Stille.

»Ihr tut ihm doch einen Riesengefallen, wenn ihr ihn umbringt. Geht das nicht in eure blindwütigen Hirne? Erst steckt er uns an, damit wir schön stückchenweise krepieren, und aus lauter Dankbarkeit dafür erlöst ihr diese Pestbeule noch während der Latenzperiode und bevor ihn das kleinste Fleckchen Aussatz juckt.«

Betretenes Schweigen. Zwei oder drei der Vordermänner öffneten ihre schwarzen Münder, klappten sie aber unverrichteter Dinge wieder zu und betasteten statt dessen vorsichtig die Striemen unter ihren Jacken, während der Kommissar weiter in dieselbe Kerbe schlug.

»Das kann doch nicht euer Ernst sein! Er soll auskosten, was er angerichtet hat, wenn ihr mich fragt, auskosten am eigenen Leib und bis zur letzten Sekunde. Und damit ihm auch nicht die kleinste körperliche Regung entgeht, bekommt er ab sofort keine Schmerzmittel und keine anderen Medikamente mehr. Er wird rund um die Uhr bewacht, damit er sich nicht auf irgendeine hinterfotzige Weise davonstiehlt, wenn es nicht mehr auszuhalten ist.

Und wir werden uns daran weiden, wie ihn die gerechte Strafe trifft, statt ihn zu beneiden, weil er tot ist.«

»Und dann?« fragte Steinchen und füllte Kaffee nach.

»Dann«, schlurfte ich, stippte einen Keks in die Tasse und lutschte das aufgeweichte Ende ab, »dann werden sie alle enttäuscht umkehren, mit hängenden Schultern und flackerndem Blick. Solange sie sich noch auf den Beinen halten können, werden sie sich aus dem Wege gehen, dann niederlegen, sich noch ein Weilchen hin- und herwälzen, auf- und zudecken, fiebern und frösteln, schließlich das Bewußtsein verlieren, sich ein letztes Mal kratzen und sterben.«

Steinchen schüttelte den Kopf.

»Der Grünfink hat doch gar keinen Gürtel mehr. Nach dem Entkeimer sind wir alle ...« Zu Demonstrationszwekken fuhr er mit dem Daumen hinter den Gummizug der Hose und ließ ihn auf die Bauchdecke zurückschnappen, »sozusagen ungebunden.«

XV.

»Außerdem soll der Impfstoff im Laufe des Nachmittags eintreffen«, setzte er beiläufig hinzu.

Ich verschluckte mich und mußte husten, was meinem Knie ganz und gar nicht bekam.

»Warum hältst du damit so lange hinter dem Berg, du Witzbold?«

»Weil ich dem Braten nicht traue, Patzer, darum!« Er beugte sich verschwörerisch vor und begann zu flüstern. »Ein paar Leute wissen hier mehr als andere, sage ich dir. Aber sie rücken nicht mit der Sprache heraus. Drehen und wenden sich, wenn man direkt wird, und tuscheln untereinander, kaum daß man ihnen den Rücken zugekehrt hat.«

»Als da wären?«

»Mause, die drei Maigrets...«

»Die von der Mordkommission meinst du?«

Er machte sich nicht die Mühe, auf meine Zwischenbemerkung einzugehen.

»... etliche von den Sportsfreunden, die beiden Waldschrats...«

»Wer noch?«

»Warte mal, der Grünfink nicht, aber vielleicht Bérénice Sterntaler und...«

Ich wollte aufspringen und loslaufen, brachte aber nur einen plumpen Hopser auf meinem Hinterteil zuwege, bevor in dem verletzten Gelenk das Ventil eines Flammenwerfers aufschnappte, eine Feuerzunge an Oberschenkelknochen, Becken und Rückenwirbeln entlangleckte und auch schon aus meinem japsenden Mund heraus verpuffte.

Es ist schön, wenn der Schmerz nachläßt und der verschüttete Kaffee in die Hose zieht.

»Bérénice ist hier? Du mußt sie sofort...«

Er drückte mich zurück auf die Kissen und begann, die Frühstücksreste zusammenzuräumen.

»Hat doch keiner behauptet, daß sie bei uns herumgeistert. Offenbar ist dies eine reine Männerstation, Patzer. Wie ich das sehe, sind die Frauen alle V-2 oder V-3.«

»Aber wieso...?«

»Weil sie doch immer bestens im Bilde ist, alles durchschaut, vorausberechnet und in die richtigen Bahnen lenkt, deine Flipper-Queen.«

Er hatte jetzt alles wieder verstaut, entriegelte mit dem Fuß die Bremse seines Wagens, drückte auf den Öffnungsknopf der Tür und quietschte davon.

»Oder etwa nicht?« hörte ich noch durch die offenstehenden Hälften, dann sagte jemand anderes: »Nach Ihnen, nach Ihnen. Immer erst die Verpflegung, die Pflicht kann warten.« Obwohl der Mann den Anlasser in seiner Kehle ausdauernd betätigte, sprang das Lachen nicht an.

Irgendwoher kannte ich die Stimme, konnte sie aber erst zuordnen, als die nach vorn gebeugten Schultern und der unter der Asthmatikerbrust hervorkugelnde Bauch sich im letzten Augenblick in den Türspalt zwängten und die Schließautomatik auf diese Weise zur erneuten Freigabe des Weges bewegten. Es war der Fotograf von der Spurensicherung, der am Tatort drauflos belichtet hatte wie ein Pauschaltourist.

»Guten Morgen – oder wie sagt man bei Ihnen zu Hause?«

Schon wieder einer, dem der Virus auf die Ganglien geschlagen war.

»Hals- und Beinbruch wäre passender, Herr..., ich kenne Ihren Dienstgrad nicht.«

Er winkte ab.

»Kann ich mir denken, kann ich mir, daß Sie mit dem

irdischen Lametta nicht klarkommen. Sogar unsereiner verliert da manchmal den Überblick bei all den Haupt-, Neben- und Sonderkommissionen, Spezialreferaten und Unterabteilungen.« Wieder diese einen Heiterkeitsausbruch signalisierenden Fehlzündungen. »Ach ja, ich heiße Nachtweih, wie Weihnacht, nur umgekehrt«, er beschränkte sich auf ein flankierendes Grinsen, »ist was mit Ihrem Knie?«

»Hat Blähungen, aber das gibt sich wieder.«

»Keine Angst, nehmen wir ohnehin nicht mit rein, nehmen wir nicht. Ich kappe Sie unter den Brustwarzen, einverstanden?«

»Hören Sie mal...«

Er wiegelte ab.

»Natürlich mit einer Jacke drüber, ist doch klar. Wir wollen, daß Sie einen optisch untadeligen Eindruck hinterlassen, oder ist Ihnen an einem zivilisierten Erscheinungsbild nicht gelegen?«

Vorsichtshalber signalisierte ich Zustimmung.

»Konnte ich mir bei Ihrem Background auch nicht anders vorstellen«, sagte er, ging zu dem Metallschrank hinüber und begann, die Türschlösser der Reihe nach zu öffnen. ›Bei Ihrem Background‹ – seltsame Vorstellungen hatte der von der Spielzeugbranche. Als ob das adrette Äußere einer Spritzplastik-Lolita oder des Basis-Tarzans aus dem Breitband-Actionprogramm notwendig auf die, die so etwas konzipierten, herstellten oder verkauften, abfärben mußte. Von wegen! Ich hatte vielmehr den Eindruck, daß im Konzern ein überproportionaler Anteil von Nachlässigkeit und Schlamperei anzutreffen war, und zwar sowohl oberhalb wie unterhalb der Brustwarzen.

Nachtweih hatte inzwischen sein Sesam-öffne-dich-Spielchen fortgesetzt, ließ den Sicherheitsschlüssel im letzten Zylinder stecken, schob die gesamte, sich wie eine

Ziehharmonika zusammenfaltende Front zur Seite. Dahinter erschienen Monitore, Schalttafeln und drei schwenkbar unter der Decke montierte Fernsehkameras. Nachdem er zögernd und wie versuchsweise ein paar Schalter umgelegt und mehrere Knöpfe bedient hatte, kam Leben in das Miniaturstudio, und auf zwei Schirmen brandete das Bild gegen die Mattscheibe wie eine auf einen gläsernen Deich treffende Flutwelle aus den Tiefen der Elektronikmeere.

Ohrenbetäubender Lärm schlug über uns zusammen. Heulen, Pfeifen, Rattern, Bersten. Irgend jemand brüllte Kommandos. In fieberhafter Eile wurde ein Raketenwerfer einsatzbereit gemacht, auf den aus heiterem Himmel ein haarfeiner gleißender Strahl zuwanderte, dann flogen die Fetzen. Am anderen Strahlende tauchten diskusförmige Objekte auf, die jetzt über eine Großstadtstraße fegten und sie samt einem von Panik ergriffenen Passantenstrom zu giftig aufkochenden Schwaden zerlaserten. In dem Gebrodel blitzten Detonationen auf wie neugeborene Sterne in jener galaktischen Dunkelwolke, auf die die Einstellung überblendete und aus der jetzt Tausende und Abertausende derselben Raumschiffe hervorquollen wie aufgescheuchte Wespen aus ihrem Nest.

Inzwischen hatte er den Lautstärkeregler aufgespürt, so daß die Invasion ganz naturgetreu in der Totenstille des Weltraums ihren Anfang nahm und sich einen Herzschlag später, noch realistischer, nicht allein menschlichen Gehörgängen, sondern selbst irdischen Sehnerven entzog, weil Nachtweih, vom Erfolg beflügelt, jetzt auch die Herrschaft über den Programmschalter an sich gerissen hatte.

Stumm blinkten andere Fernsehwelten auf und zerstoben. Eine Trachtengruppe hüpfte vor einer Almhütte um ihren pausbäckigen Trompeter, eine Zeichentrickhyäne zog sich mit buntspiraligem Blick und zerschundenem Körper aus dem paßgenauen Einschlagskrater, den sie beim Absturz aus irgendeiner Schurkerei hinterlassen hatte, der mediendidaktisch aufbereitete Pädagoge schickte sich an, einen Tropfen aus seiner Pipette in ein mit einer milchigen Flüssigkeit gefülltes Reagenzglas fallen zu lassen, das Bild des vollgestellten Marktplatzes von Bergisch Hall erschien, aufgenommen vom Kirchturm oder einer anderen erhöhten Warte aus, dann Blech mit Nietnaht.

»Na bitte«, schnaufte Nachtweih und drehte sich beifallheischend zu mir um, »für den Anfang und keine Viertelstunde Einweisungszeit doch nicht schlecht, oder?«

»Prächtig«, bestätigte ich, »unerreicht.«

Er hantierte jetzt mit einem kleinen Stift, der in einer flachen Konsole steckte und nach allen Seiten beweglich war. Solche Joysticks kannte ich von unseren Fernsteuerungen und Computerspielen. Das Nietenmuster auf dem Monitor geriet in Bewegung, verschob sich, wanderte dann ruckartig aus dem Bild, in dem auf der anderen Seite ebenso sprunghaft ein Metallbügel erschien, eine Halterung, das Kopfende einer hochgeklappten Pritsche.

Ich bemerkte, wie die mittlere Kamera ihre Linse noch weiter absenkte, und da tauchte auch schon ein Frühmensch auf dem Schirm auf, dem die Qualen der noch ausstehenden Höherentwicklung im Gesicht geschrieben standen. Nackt war dieses Wesen bis auf ein Stück Bast um die Hüften, seine Haut kalkig und ausgebleicht, als hätte es sich stundenlang in irgendeiner Lauge gewälzt. Die Kopfbehaarung lag da, wo sie nicht wirr abstand, angeklatscht am Schädel, und das rechte Knie, in das sich eine jener schwammigen Mollusken verbissen hatte, die fliegende Untertassen zu bemannen pflegen, hatte es in dumpfer Hinnahme seines Schicksals ein Stück weit an den Körper gezogen.

Nachtweih zoomte die Jammergestalt mit einem leichten Druck auf die Stiftspitze näher heran, so daß die Ringe unter den Augen, die zerknitterten Züge, der Tagesbart und ein von geistiger Überforderung und kreatürlichem Unverstand zeugender glasiger Blick den Gesamteindruck auf das unvorteilhafteste abrundeten. Ich wollte ihm eben vorschlagen, die Übertragung aus dem Neandertal zugunsten des Invasionsstreifens von vorhin abzubrechen – selbst die hochalpinen Balztänze hätte ich vorgezogen –, als er erhobenen Hauptes in den Monitor sprach und den Hominiden an unsere Abmachung erinnerte.

»Was ist nun mit der Jacke, Herr Patzer?«

Das Phantom fuhr zusammen, fummelte mit linkischen Bewegungen hinter seinem Rücken herum und schwenkte schließlich einen abgetrennten Ärmel und das Rückenteil seiner Oberbekleidung vor der Kamera hin und her.

»Ein bißchen verschlissen fürs Fernsehdebut, wenn Sie mich fragen.«

»Ich habe einen unruhigen Schlaf«, sagte mein Doppelgänger und kreischte schrill und mit geschlossenen Lippen, bis die Rückkoppelung unter Kontrolle war. Dann zog Nachtweih das Bettuch von der oberen Liege und drapierte es um meine Schultern, trat einen Schritt zurück, musterte mich, verglich das Original mit dem Abbild auf dem Schirm.

»Besser kriegen wir das nicht hin auf die Schnelle. Aber dafür, daß alles improvisiert ist, kommt das Image nicht schlecht. Hat was Römisch-Senatorenhaftes, wenn Sie verstehen, was ich meine. So können Sie schon auftreten, können Sie so.«

»Vor wem denn?«

»Sind Sie nicht im Bilde?« fragte er überrascht.

Ich sah mir in die Augen, strich mit den Fingern die Haare glatt, die sich sofort wieder absträubten. Die Kollegen würden Tränen lachen und sich im Fahrstuhl die Ellenbogen in die Rippen stoßen. »Auch gesehen gestern?«

»Klar doch.« Patzer am Medienpranger, verkatert, unrasiert, verkommen. Konzerngespräch. Der Senkrechtstarter nach dem Absturz. Interniert. Ein Virus, unsolider Lebenswandel. Man weiß ja, wie so etwas zusammenhängt. »Was hat er überhaupt in diesem Kaff zu suchen an einem ganz normalen Arbeitstag? Oder wissen Sie was von Kurzurlaub oder Krankmeldung?« »Nichts da, der hat einfach blaugemacht.« »Glauben Sie?« »Da steckt garantiert diese Frau dahinter; die reitet ihn doch seit Monaten systematisch rein.« »Aber bei der würden Sie sich doch auch nicht zweimal zum Aufgalopp bitten lassen, geben Sie's zu.« »Tu' ich ja. Nur durchgehen wäre bei mir nicht drin, wenn ich bei ihr erst im Sattel...« »Bespringt euch doch gegenseitig, ihr geilen Böcke!« »Also, das verbitte ich mir, Fräulein Moschberg.« »Hör' sich das einer an, erst zieht die Dame im Betriebsrat gegen einen gewissen Sexisten namens M.-L. Patzer zu Felde, und kaum liegt er auf der Nase, klappert die Stute mit den Steigbügeln.« »Diese Bemerkung wird Ihnen noch leid tun, Kürbelein.« »Sagen Sie einfach Alois zu mir, alle Jungfrauen nennen mich so.«

»Dann will ich Sie mal aufklären, will ich Sie mal. Aber zuerst tun Sie mir einen Gefallen und zählen bis fünfzehn.«

Tat ich. Dann hatte er auch das Richtmikrophon eingestellt.

»Also, um 9.45 Uhr gehen wir auf Sendung. Zuerst haben Sie ein Interview mit dem Bundeskriminalamt...«

»Was hat denn...«

»Muß ein furchtbares Hickhack gegeben haben wegen der Kompetenzen, aber schließlich ist das BKA immer für, wie soll ich sagen, sterbliche Überreste zuständig gewesen...«

»Ich bin kein Mörder!«

Er wischte meinen Einwand mit einer seltsam komplizenhaften Geste zur Seite. »... und hat sich durchgesetzt.

Natürlich sind auch Vertreter der Nachrichtendienste, des Verteidigungs- und Gesundheitsministeriums, des Katastrophenschutzes und anderer Organisationen im Krisenstab, aber die Federführung hat der Generalbundesanwalt und also die Polizei.« Die Hühnerbrust verringerte stolz ihren Krümmungswinkel, und auch der Bauch flachte merklich ab. »Wir alle sind uns der Tragweite dieses Augenblicks bewußt, Herr Patzer, und ...« Ich faßte es nicht, aber ohne Zweifel wurden ihm auch noch die Augen feucht, »ich bin froh und glücklich, dieses wunderbare Ereignis so hautnah miterleben zu dürfen.«

»Wovon, zum Teufel, reden Sie denn, Mann?«

»Insbesondere die rückhaltlose Menschlichkeit, die Sie von Anfang an ausgestrahlt haben, hat vielen von uns über den Schock hinweggeholfen, und ich werde, wenn Sie mir die private Bemerkung gestatten, bis an mein Lebensende nicht vergessen, wie unverkrampft, wie unkompliziert und selbstverständlich wir hier miteinander umgehen konnten.«

Anscheinend hatte ich wieder Halluzinationen. Vervirt und verseucht, wie ich war, bildete ich mir ein, daß sich mein Gegenüber bei mir bedankte. Und damit nicht genug, ich hätte auch noch schwören können, daß er eine Verbeugung machte. Nur, zur Erfindung plausibler Gründe für dieses Verhalten reichte meine entgleiste Einbildungskraft nicht mehr. Oder, das war die zweite und noch beunruhigendere Erklärungsmöglichkeit, ich steckte nicht weitgehend immobilisiert in einer MOBIQUA, sondern in MOPSY, der Mobilen Psychiatrie. Und in diesem Teilchenbeschleuniger des Irrsinns war die Hälfte der Partikel negativ geladen und haßte mich wie die Pest, oder, um genauer zu sein, wie die Blattern, während die anderen Zirkulierer mich ebenso unmotiviert verehrten und anhimmelten. Sobald die Gruppierungen sich aber endgültig formiert hatten, mußten sie aufeinanderprallen, und die freiwerdenden Energien würden sich gewaltsam entladen. Über welchem Haupt? Darauf zeichnete sich sogar in der Nebelkammer unter meiner Schädeldecke eine klare Antwort ab.

Neben der eingebauten Uhr, die 9.42 Uhr zeigte, hatte ein rotes Lämpchen zu flackern begonnen, und ein kurzer Schnarrlaut ertönte.

»Anschließend dann Ihre Ansprache, die aufgezeichnet und direkt nach Bekanntgabe der Nachricht verbreitet wird«, hastete Nachtweih, »außerdem haben bisher um Absichtserklärungen gebeten: das NATO-Hauptquartier, das Außenhandelsministerium, das Europaparlament, die Päpstliche Nuntiatur, die Vorstände von ...«

Ein nochmaliges, längeres Schnarren schnitt ihm das Wort ab. Das Rotlicht leuchtete jetzt ununterbrochen. Auf dem zweiten Monitor verschwand der in ein Bettlaken gehüllte frührömische Teilinvalide, und an seiner Stelle erschien eine in den rosigsten Farben gestaltete Tafel mit der Aufschrift »MOBIQUA Closed-Circuit Television. Außenstudio«. Allerdings konnte sie sich nur wenige Sekunden halten, dann klappte sie hintenüber und gab den Blick ins Jenseits frei.

Wieder war eine Glaswand zwischen mir und dem Engelsantlitz, dafür aber lächelte es noch verführerischer als gestern nacht, und hoffnungslos übermüdet war es auch nicht mehr.

»Schönen guten Morgen, Herr Patzer. Sie kommen voll an bei mir. Alles sehr schön.«

»Das höre ich aber gerne.«

»Können Sie ihm noch eine Spur mehr Tiefenschärfe geben, Herr Nachtwein?«

»Nachtweih, nur andersherum«, sagte mein Kameramann abwesend, während er mit dem Finger die Armaturen abfuhr. Schließlich fand er den Regler und drehte daran.

»In Gegenrichtung, bitte. Ja, so. Noch eine Kleinigkeit. Halt. Bestens, Herr Weihnacht.«

Der Polizeifotograf blickte zum Monitor auf und lächelte gequält.

»Entschuldigung, er heißt Nachtweih«, korrigierte ich behutsam.

»Aber er hat doch gerade selbst gesagt ...«

»Weihnacht, nur andersherum«, sagte Nachtweih.

»Nein, Nachtweih, nur andersherum«, sagte ich.

»Vielleicht weiß ich immer noch selbst am besten, wie ich heiße?« beharrte mein Gegenüber.

»Also, wenn wir das Problem einen Augenblick zurückstellen könnten ...« beschwichtigte der Engel mit einem Anflug von Ungeduld.

»Aber im Endeffekt hat er Weihnacht gesagt.«

»Nur andersherum!«

Jemand räusperte sich.

»Es war ein Irrtum.«

»Was denn?«

»Das ›Nachtweih-nur-andersherum‹.«

»Wer hat das gesagt?«

»Sie.«

»Wann?«

»Na, gerade.«

»Weihnacht, nur andersherum, habe ich gesagt.«

»Eben nicht. Nachtweih! Und Nachtweih andersherum ist Weihnacht.«

»Meine Herren«, ihr Lächeln hatte, wenn mich nicht alles täuschte, einen eher unweihnachtlichen Zug angenommen, »die Zeit drängt; ich schlage vor, wir einigen uns auf die Heiligendreikönige, einverstanden?«

Wieder das Räuspern.

»Ist das jetzt unsere Konferenzschaltung?« erkundigte sich eine Stimme, der man anhörte, daß ihr Besitzer es nicht gewohnt war zu warten.

Erschreckt sprang der Zeiger auf 9.47 Uhr.

XVI.

Der Engel erbleichte und verschwand von der Bildfläche, die sofort von einer Art Triptychon eingenommen wurde. Wie die unterschiedliche Ausleuchtung und die sich beißenden Hintergrundfarben verrieten, saßen die Männer in separaten Aufnahmestudios und waren nur übertragungstechnisch versammelt worden.

Der gestrenge Übervater in der Mitte war mir aus den Medien als Generalbundesanwalt Andreas Zwingli bekannt, den großporigen Beisitzer zu seiner Rechten enttarnte ich flugs als Bogumil Würgel, Leiter des BND. Nur den abgedunkelten Dritten, über dessen Rundkragen sich die faltige Haut lappte wie bei einer Suppenschildkröte, hatte ich noch nie gesehen.

Zwingli räusperte sich zum dritten Mal, sagte »Danke«, dann »Ich entschuldige mich für die kleine Panne« und nickte mir stocksteif zu. Die Schildkröte nickte auch, faltete die Hände vor sich auf dem Tisch und raspelte: »Menschenwerk. Sie verstehen das, nicht wahr. Grüß Gott.«

Nur Würgel blieb stumm und unbewegt.

»Der Herr Bundespräsident«, fuhr Zwingli nach einer kleinen Pause fort, »hat mich gebeten, folgende Botschaft zu übermitteln.« Es raschelte, er hob ein Blatt vor das Gesicht, rückte die Brille zurecht. Ich bemerkte, daß Schweißperlen auf seiner Stirn standen; gleichwohl begann er zu lesen. »Dies ist ein großer, ein erhebender und erhabener Augenblick in der Geschichte des Deutschen Volkes, in dessen Namen ich Ihnen und all jenen, die noch unter uns weilen, in Frieden und Freundschaft Grüße entbiete und Ihrer Kultur in der Hoffnung auf fruchtbare Zusammenarbeit und segensreichen Ideenaustausch weit offene Hände entgegenstrecke.«

»Hier liegt eine Verwechslung vor«, entfuhr es mir, »ich bin kein Umsiedler, ich bin Ostwestfale.«

»Pscht!« zischelte Nachtweih und legte den Finger auf die Lippen.

Zwingli war auch so unbeirrbar. »Ein Augenblick aber auch...« Unbeirrbar oder überfordert. Die Schweißperle hatte inzwischen die Brauenbehaarung durchquert und war von hinten auf das Brillenglas getropft, auf dem sie herunterrann. »... von unabsehbarer Tragweite für die Geschicke der ganzen Menschheit. Angehörigen unseres Volkes war es vergönnt, unmittelbar Zeuge dieses epochalen Ereignisses zu werden, anwesend zu sein, als der erste Zipfel eines ungeahnten Geheimnisses gelüftet wurde. Doch bald werden die Bilder um die Erde gehen und auch im fernsten Winkel von den neuen Tatsachen künden. Und von Stund an wird die Realität eine andere sein als die, die uns – wie unseren Eltern und Ahnen – die selbstverständliche, die einzig mögliche dünkte...«

Noch aber hing sie unter der Brillenfassung, zitterte und schwoll. Die Schildkröte wurde Zeile für Zeile von einer Bildstörung zerfasert. Der Geheimdienstler war entweder tot, oder er ließ ein Standbild übertragen, denn so reglos konnte sich kein lebendiges Wesen verhalten. Dann stürzte er zu Boden; nicht Würgel, sondern der Tropfen.

Aus unerfindlichen Gründen hatte ich fest damit gerechnet, daß sich das gesamte Geschehen in diesem Moment aufklären würde, ganz so wie die Chemiemilch nach dem Tropfenfall von einer Sekunde auf die andere ihre Undurchsichtigkeit verlor. Aber Zwingli wischte sich lediglich mit dem Taschentuch über Kinn und Stirn und fuhr pflichtschuldig fort: »Zwar wußten unsere Sagen und Märchen von Feen, Kobolden und anderen Wesen aus einem Reich, das nicht von dieser Welt war, aber nur die Kinder und Künstler...«

Das langte, denn alles hat seine Grenzen. Erstens bin ich ein erwachsener Mensch und fühlte mich nicht nach einer Märchenstunde. Zweitens sollen die, die in Sachen Kultur schon die Sparflamme für Energieverschwendung halten, sich nicht immer dann auf die Künstler berufen, wenn es brenzlig wird. Und genauso sagte ich es auch, lauthals über den gelb gepunkteten Weihnachtsmann hinweg, der außerhalb des Kamerawinkels herumhüpfte, als hätte er eine brennende Wunderkerze verschluckt, und den hohen Herren geradewegs ins Gesicht.

Der Gottesmann, der jetzt in seinem Bilddrittel hin- und herwedelte wie eine Wasserpflanze, faßte sich als erster. »Die Fremdheit«, bedeutete er mir und den beiden Zugeschalteten, »es ist die Fremdheit, die uns das Aufeinanderzugehen schwer macht. Wir müssen Geduld haben miteinander, nicht wahr, wir mit Ihnen und Sie mit uns. Ich bin sicher, daß sich dieses Mißverständnis, wie man so schön sagt, in Wohlgefallen auf...«

»Ich denke gar nicht daran, mich noch weiter niederspritzen, verstümmeln oder sonstwie auflösen zu lassen; ich verlange, daß man mir endlich reinen Wein einschenkt«, polterte ich dagegen an.

»Er will wissen, was wir wissen«, tönte es aus der BND-Statue.

»Nämlich?«

»Zum Beispiel, daß Sie enttarnt sind und also die Maske des harmlosen Trottels absetzen können, mit der Sie uns hier immer noch zum Narren halten wollen.«

Zwingli verkrampfte sich noch mehr und bildete weitere Perlen aus. »Herr Würgel, ich bitte doch nachdrücklich um Mäßigung. Nach allen uns vorliegenden Informationen...«

»Nach allen der Polizei vorliegenden Informationen«, präzisierte der Angesprochene.

»... handelt es sich nicht um einen Spionagefall, sondern um...«

»... eine Offenbarung«, ergänzte die Schildkröte.

»Kümmern Sie sich um Ihre Heidenmission und die letzten Ölungen, und überlassen Sie die Exhumierungen getrost uns Aufdeckern, Hochwürden.«

»Aber meine Herren, wo soll denn das hinführen?« Der Generalbundesanwalt hob beschwörend die Hände und klammerte sich dann haltsuchend an der Tischkante fest. »Sie müssen dem einen oder anderen von uns seine Dünnhäutigkeit...«

Die Statue neben ihm bestand plötzlich nicht mehr aus Marmor, sondern aus rotem Buntsandstein.

»... nachsehen, Herr Patzer. Die Ereignisse haben sich in den letzten Stunden überstürzt, und die wenigsten waren vorbereitet.«

»Worauf denn, Himmelherrgottnocheins?«

Die Schildkröte zog ruckartig den Kopf ein.

»Den unwiderlegbaren Beweis Ihrer Existenz.«

»Wer hat die denn angezweifelt?«

»Lieber dünnhäutig als dickfellig«, raunzte Würgel. »Was der Herr Generalbundesanwalt meint, ist diese wilde Endlagerstätte, auf die Sie uns freundlicherweise aufmerksam gemacht haben, diese Fundgrube mit all ihren Relikten und Danaergeschenken.«

»Aber ich habe nichts vergraben, wie oft...«

»Haben Sie auch nicht.« Hochwürden hatte offenbar ein feines Ohr für sprachliche Nuancen. »Sie haben einen der Ihren zur letzten Ruhe gebettet, wie es die kosmische Pietät gebietet. Und nachdem alle Untersuchungen und Experimente abgeschlossen sind, wird sich die Kirche auch dieser sterblichen Hülle annehmen und Sorge dafür tragen...«

»Da wird aber nicht mehr viel auf ihren Schultern lasten«, mischte sich Würgel von neuem ein. »Was die Mediziner übriglassen, werden die Biologen und Biochemiker garantiert zerfleddern, und zwar bis aufs letzte Molekül. Und Sie, Herr Patzer, finden sich am besten auch gleich damit ab, daß der werte Heimgegangene die Erde nicht mehr von unten sieht. Wann haben Sie sie übrigens das letzte Mal von oben gesehen?«

»Wie, von oben?«

»Aus dem Orbit. Sie sind doch auch nicht von hier.«

Dem zerzausten Wesen in der Lakentoga, das nach wie vor den anderen Bildschirm füllte, schien diese Diagnose nicht zu gefallen, denn es protestierte grimassierend und mit einer Reihe von vorsprachlichen Lauten gegen das Augenfällige. Nachdem sich seine Ausdrucksmotorik, die sich erstaunlicherweise ausschließlich der Arm- und Gesichtsmuskulatur bediente, wieder halbwegs beruhigt hatte, schob Zwingli mit einem Räuspern seine Brille hoch, klaubte das Blatt mit der Grußadresse des Bundespräsidenten von der Tischplatte, holte tief Luft, ließ sie dann aber wortlos und mit einem feinen Zischen zwischen den Lippen entweichen. Gleichzeitig sank auch das Papier wieder auf die Unterlage zurück wie die Felge eines Reifens, dessen Ventil undicht geworden ist.

»Vielleicht sollten wir das besser zurückstellen und einen neuen Anfang machen. Ohne unnötige Verdächtigungen und Konfrontationen.«

Bogumil Würgel verdrehte die Augen, als kreise inzwischen auch der Sprecher in der mir zugewiesenen Umlaufbahn, die Schildkröte hatte sich übertragungstechnisch stabilisiert und strahlte Vergebung aus, Nachtweih kauerte in seiner Ecke und erzeugte flehende Blicke.

»Ich darf wohl davon ausgehen, daß beide Seiten jetzt offen miteinander reden.«

»Als deutscher Staatsbürger verlange ...«

»Meine Leute arbeiten daran. Und ich verbürge mich dafür«, sagte Würgel in geschäftsmäßigem Ton, »daß heute nachmittag von Ihrer synthetischen Identität und von der irdischen Biographie nur noch ein Scherbenhaufen übrig ist.«

»Aha. Da bin ich...«

»Und daß das Kartenhaus Ihrer Lügengeschichten fast genauso schnell zusammenbrechen wird wie das Ihrer Freundin.«

»Wo steckt Bérénice? Ich will sofort mit ihr reden.«

»Ich vertraue darauf, daß sie in guten Händen ist, nicht wahr, meine Herren?« sagte die Schildkröte und spendete mir ein trostreiches Lächeln.

Die Herren vertrauten auch.

»Wir kommen Ihrem Wunsch gern entgegen, wenn Sie sich Ihrerseits zu einem gewissen Grad an Kooperation bereitfinden könnten, Herr Patzer.«

»Welches widerwärtige Spiel wird hier eigentlich gespielt? Ich sage die Wahrheit, aber die ist nicht erwünscht. Statt dessen möchten Sie etwas aufgetischt haben von Außerirdischen und irgendwelchen Fundorten, wenn ich das richtig mitbekomme. Warum gehen Sie dann nicht alle ins Kino? Das ist nämlich für solche Phantastereien zuständig.«

»Meinen Sie?« fragte Zwingli.

»Ja, meine ich.«

»Auch wenn ich Ihnen mitteile, daß wir einen Durchsuchungsbefehl erwirkt haben?«

Ich zuckte mit den Schultern.

»Und daß die Haussuchung in den frühen Morgenstunden durchgeführt wurde?«

»Was haben Sie denn an Fremdartigem bei mir entdeckt, bitte schön?«

»Spielzeug.«

»Was Sie nicht sagen.«

»Spielzeug wie dieses hier.«

Er gab einen Wink. Eine Hand materialisierte aus dem Nichts, stellte eine Schachtel vor ihn hin, hob den Deckel ab und verschwand wieder in der flirrenden und haarfeinen Demarkationslinie zwischen kirchlicher und staatlicher Autorität. Zwingli fuhr mit Daumen und Zeigefinger hinein und zog eine Figur heraus, die er dann mit ausgestrecktem Arm in die Kamera hielt.

»Können Sie uns verraten, was das ist?«

»Der Astronaut aus dem LOO-DO Actionprogramm. Und was soll daran außergewöhnlich sein?«

»Nichts, absolut nichts«, erwiderte der Generalbundesanwalt und spreizte die Finger.

Die Figur blieb, wo sie war. Auch als er den Arm schon wieder zurückgezogen und beide Hände auf die Tischplatte gelegt hatte, hing sie immer noch dort in der Luft und begann, angestoßen von irgendeinem unmerklichen Hauch oder der Thermik der Studiolampen, wie in Zeitlupe einen Purzelbaum zu schlagen.

»Alles ganz selbstverständlich. Die Schwerelosigkeit gehört schließlich zur Raumfahrt wie die Blasen zum Wandern. Oder sehe ich das falsch, Herr Patzer?«

Ich schwieg und starrte auf das trudelnde Männchen. Dann spielten sie den Film ein.

XVII.

Zuerst blätterte jemand ein paar Tatortfotos, die alle noch vor Beginn der Grabung entstanden waren, auf eine Tischplatte. Allerdings war auf dem Hochglanzpapier vor lauter Spiegelungen und Lichtreflexen kaum etwas auszumachen.

Es folgte eine Luftaufnahme. Schemenhaft im Scheinwerferkegel auftauchende Haus- oder Scheunendächer huschten über den Monitor, eine Straße, die von einem querstehenden Feuerwehrauto versperrt wurde, vor dem sich von beiden Seiten Personenwagen stauten, dann ein Meer von Baumwipfeln und Tannenspitzen. Der Hubschrauber verlor an Geschwindigkeit, die Laub- und Nadelwogen rollten langsamer und langsamer unter ihm hinweg, eine Insel wanderte ins Bild, die der Länge nach von einem Wasserlauf durchschnitten wurde und in so gleißendem Licht lag, daß der Kameramann mehrmals nachjustieren mußte.

Das ausdruckslose weiße Lakenrund dunkelte ab, und wie bei der Unterdruckformung, die eine erhitzte Plastikfolie kaugummigleich über die Matrize saugt, so bildeten sich auch hier wie von Geisterhand die Konturen aus. Das von den beiden Bereitschaftspolizisten neben dem Kanal aufgeworfene Stück Kraterwall erschien, ein schwerer Transporthubschrauber, der bei der Landung am Rande der Lichtung die nächststehenden Bäume kahlgefegt hatte, mehrere Container, zwischen denen Kabel und Verbindungsleitungen hin- und herliefen, der Stacheldrahtpferch, aus dem eine Gruppe Uniformierter, zwei Waldarbeiter und eine Gestalt, die Dr. Mause zum Verwechseln ähnelte, hilfesuchend aufblickten, während der in einen giftgrünen Schutzanzug gehüllte, mit Atemmaske und Maschinenpistole bewehrte Posten kein Auge von seinen Gefangenen ließ.

Die übrigen grünen Männer waren gerade dabei, den

zweiten Stacheldrahtverhau um die Grabungsstelle und den ausgehobenen Boden herum zu schließen. Das Loch selbst konnte man nicht einsehen, weil sie, wahrscheinlich ebenfalls auf dem Luftwege, eine Art Betoniglu darübergestülpt hatten, der aussah wie das zwergenhafte Abbild der äußeren Ummantelung eines Atomreaktors.

Was folgte, mußte aus dem Inneren der Kuppel stammen. Die Aufzeichnung ließ im Gegensatz zu den vorhergehenden Einspielungen technisch nichts zu wünschen übrig, war aber trotzdem alles andere als eine Augenweide. Der Blick ging in eine halb voll Wasser gelaufene Grube, in der ein unbekleideter Körper schwamm. Und der Mensch dort unten war nicht nur tot, sondern auch noch über und über von Schwären und Aussatz bedeckt – ein um zwei Jahrtausende verspäteter Lazarus. Er driftete auf dem Rücken, verkantet und mit soweit nach hinten gebogenem Kopf, daß nur das Kinn über die Wasseroberfläche hinausragte, während Gesicht und Schädel schon mit dem aufgeweichten Lehm der oberen rechten Grubenecke eins zu werden schienen.

Das Herz klopfte mir bis zum Halse. Nicht, weil ich den Leichnam wiedererkannt hätte oder weil die Erinnerung an das verlorene Intervall zurückzukehren begann, in dem Bérénice von jenem Erdboden verschwunden war, den ich wie ein Verrückter mit meinen Händen durchwühlt hatte. Nein, die erhöhte Schlagzahl kam daher, daß ich auf einmal die Verstörung meiner Umwelt und der drei Verantwortungsträger, die sich eben noch auf dem Bildschirm gedrängelt hatten, nachvollziehen konnte, mehr noch, daß ich sie in mir selbst aufsteigen fühlte.

Dieser Mensch, da gab es keinen Zweifel, war einer furchtbaren Krankheit zum Opfer gefallen, der man auf den ersten Blick zutraute, daß sie hochinfektiös war. Keine Frage also, man hatte sofort, unter dem Einsatz aller Mittel und mit rabiater Entschlossenheit handeln müssen. Erschwerend kam noch jene Kleinigkeit hinzu, die die Anwürfe Würgels erklärte. Was da ganz verstohlen am Ende seiner Tage wieder Erde werden wollte, war am Anfang gar nicht daraus gemacht worden. Oder wenn doch, dann gewiß nicht aus dem Humus dieses Planeten.

Genauer gesagt, es kam keine Kleinigkeit hinzu, sondern es ging diesem Wesen eine Kleinigkeit ab. Sechs Finger, drei Augen oder andere Formen der Zusatzausstattung mögen in den kosmischen Weiten ja auch irgendwo vorkommen, im vorliegenden Fall aber war etwas eingespart worden, und zwar zwischen den Beinen, wo bei uns ein Entweder-Oder Zuflucht findet, das noch kein Feminist, keine drohnenverachtende Domina hat aus der Welt vernünfteln können.

In dem aufgedeckten Schoß da unten jedoch, den die Ausschnittsvergrößerung jetzt näher und näher heranholte, gab es genausoviele Geschlechtsunterschiede wie zwischen den Oberschenkeln einer klassischen Puppenstube. Und selbst die verheerende Krankheit hatte offensichtlich vor diesem Keuschheitsgürtel, dieser ideologiefreien Zone haltgemacht, in die LOO-DO Toys in den sechziger Jahren so spektakulär mit den ersten behutsamen Unterleibsmodellierungen eingebrochen war, die die Marktanteile in einem lächerlichen Dreivierteljahr mehr als verdoppelt hatten.

Ich bemerkte, daß auch Nachtweih wie gebannt auf den Bildschirm starrte und die Hände selbstvergessen in den Taschen seiner Salamanderhose vergraben hatte, als läge dort etwas zum Greifen nahe, was ihm bei zunehmender Verunsicherung Rückhalt und Festigkeit verleihen würde.

Das faltenlose und wächserne Dreieck verschwand und machte einer Röntgenaufnahme Platz, auf der ein eingeblendeter roter Pfeil erst hin- und herhüpfte, und dann einen dunklen Schatten unter den Rippen umkreiste, dem nichts auf der Welt ähnlicher sah als der verkugelte Polarfuchs aus Walroßzahn, den das Eskimomädchen damals bei der Werbespotproduktion umklammert hielt. Die Mutter redete, sang, tätschelte, ein Regieassistent häufte Spielzeug- und Schokoladenberge vor ihr auf, zu guter Letzt ließ man die anderen Kinder vor ihren Augen auf die Vorräte los. Es half alles nichts, die Faust wollte sich nicht öffnen, auf deren Rücken sich die Knöchelchen abzeichneten, weiß und unnahbar wie winzige unter der Hautoberfläche driftende Eisberge.

Die vergletscherten Züge Würgels füllten den Schirm, lange bevor Zwingli und der Gottesmann sich von den Rändern her einschleichen konnten.

»Also, Herr Patzer, steigert das Ihr Mitteilungsbedürfnis?«

»Ich beginne zu verstehen.«

»Dann helfen Sie auch Ihren Mitgeschöpfen dabei«, soufflierte die Schildkröte.

»Täte ich gern, ganz bestimmt. Aber ich habe dieses Wesen nicht beigesetzt, ich habe keine Vorstellung, woran es gestorben ist. Und das Ding da...«

»Ja?«

Eins war mir klar. Wenn ich jetzt neufundländische Schnitzereien, arktische Säugetiere und ein ansteckendes galaktisches Neutrum in einen Topf warf, würde ich die weiteren Fragen von MOPSY aus beantworten, und das wollte ich doch nach Möglichkeit vermeiden. Also widmete ich mich dem Faltenwurf meiner Aushilfstoga und hüllte mich in Schweigen.

»Welches... Ding da?« hakte Zwingli nach.

Nein, diese unsinnige Assoziation kam nicht über meine Lippen. So leichtsinnig würde ich das letzte bißchen Glaubwürdigkeit, das ich noch besaß, nicht verspielen.

»Nun dringen Sie doch nicht derart rücksichtslos in ihn, Herr Generalbundesanwalt.« Würgel, ich traute meinen Augen nicht, Würgel lächelte dünn. »Sie sehen doch, unser Zeuge hat nicht die geringste Ahnung, wie dieser Gegenstand in seine Brusthöhle kommt, habe ich recht, Herr Patzer?«

»Wieso denn meine Brusthöhle? Ich denke...«

»In der Desinfektionsschleuse wird automatisch durchleuchtet. Wenn Sie vielleicht noch eine Seitenansicht von sich wünschen, oder bevorzugen Sie eher die rückwärtige Perspektive?«

»Das bin ich nicht.«

»Auch viele von uns sind sich ein Rätsel«, vertraute mir der Rundkragen an.

Zwingli räusperte sich und faltete die Grußadresse des Bundespräsidenten zusammen.

»Wenn Sie... das nicht sind, Herr Patzer«, sagte der erste Mann des Bundesnachrichtendienstes und lächelte nicht mehr, »werden wir uns erlauben, Ihre persönliche Integrität morgen früh durch einen kleinen chirurgischen Eingriff wiederherzustellen.«

»Ich hatte sehr gehofft, daß Sie uns solche Schritte ersparen würden«, bedauerte Zwingli.

»Aber«, mahnte die Schildkröte über die gefalteten Hände hinweg, »wir alle können umkehren, nicht wahr, umkehren noch in letzter Minute. Die Arme unseres Heilandes sind weit offen für alles, was da kreucht und fleugt, für alle Geschöpfe unter dem Himmel und aus dem Himmel. Tut Buße, spricht der HERR, tut Buße und bekehret euch, so will ich euch erretten von dem Übel. Diese bedingungslose Zusage, dieses Ja unseres Erlösers hallt durch den Raum, lieber Herr Patzer, tönt von Stern zu Stern, von Milchstraße zu...«

»Aber ich bin ein Mensch«, brüllte ich, »ein Mensch«,

warf das Bettuch ab und begann, mich trotz der auflodernden Schmerzen im Kniegelenk der Reste meines Beinkleides zu entledigen. »Der Beweis... halt! halt!... ich kann beweisen, daß ich einer von euch...«

Ich demonstrierte meine seit Steinchens Fausthieb in sich gegangene und blaugrün durchkolorierte Gattungszugehörigkeit vor toten Schirmen und erloschenen Kameraaugen.

XVIII.

Das Frettchen aus dem Wald mußte eine sagenhafte Spürnase besitzen. Denn obwohl ich auf geruchsfremden Geländereifen abtransportiert worden und durch Fluten einer stinkenden Brühe vorwärtsgestolpert war, obwohl zwei Schleusen und ein durchsichtiger Tunnel mich von der Umwelt abgeschnitten hatten und ich jetzt in völliger Isolation etliche Fußbreit über dem Boden schwebte, war es mir auf den Fersen geblieben. Mehr noch, es wußte genau, daß Zweifel an meinem Heimatrecht ihm in meinem Inneren ebenso Tür und Tor öffneten wie das Überstrapazieren meines Geduldfadens, und es nutzte die Chance, ehe ich mich's versah.

Lautstark und mit einer Stimme klärten wir Nachtweih darüber auf, was von den drei Lemuren zu halten war, mit denen er mein seelisches Gleichgewicht gefährdet hatte. Und von ihren Theorien samt dem daraus abgeleiteten Recht auf Körperverletzung, was sagte ich, auf Ausschlachtung eines Unschuldigen. Ich würde schon noch herausfinden, wer hinter diesem Komplott zur Untergrabung meiner geistigen Zurechnungsfähigkeit steckte. Und den Drahtziehern gedachte ich es ebenso heimzuzahlen wie den Komplizen, die mich mit ihrer Unschuldsmiene, wie zum Beispiel er sie gerade aufsetze, lange genug hinters Licht geführt hatten.

Mit dieser Ankündigung erhob ich mich von meinem Lager, auf dem ich mich keine halbe Stunde zuvor kaum zu rühren vermocht hatte, denn das Schmerzmittel der Wut blockierte die Nervenstränge. Splitternackt wie der vom Himmel gefallene Astralkadaver, dazu noch mit überirdisch aufgetriebenem und angezogenem Knie, hüpfte ich auf den Tatortfotografen zu, um ihn durch eine kleine

Kostprobe von der Wehrhaftigkeit eines in die Enge getriebenen Homo sapiens zu überzeugen. Aber er hatte schon begriffen und reagierte nicht weniger schnell als der Gleichmutmarder, der inzwischen im stillen Kämmerlein meines Seelenfriedens hauste wie in einem Hühnerstall.

Hast du nicht gesehen hämmerte Nachtweih auf den Öffnungsknopf an der gegenüberliegenden Querwand ein, preßte seinen Kugelbauch durch den sich eben auftuenden Spalt und sprintete durch die Nebenkabine auf die nächste Tür zu, vor der sich der ganze Vorgang wiederholte.

Wegen dieser Zwangsaufenthalte hätte ich ihn, zumal sich meine einbeinige Känguruhtechnik geradezu sprunghaft verbesserte, über kurz oder lang doch noch eingeholt. Aber hinter zwei Séparées, in denen sich Duschen, Toiletten sowie ein Gebilde befanden, das ich – nicht völlig zu Unrecht, wie sich herausstellen sollte – für einen üppig bemessenen Gefrierschrank hielt, gerieten wir in ein voll belegtes Großraumquartier mit einem Dutzend Betten. Hier vertrieben sich die Bereitschaftspolizisten lesend, Karten spielend, dösend oder fernsehend die Zeit. Und einer von ihnen stellte mir hinterrücks, als ich eben wieder atemlos, aber unerbittlich meine in Zweifel gezogene Menschenwürde verteidigt hatte und mich hochfedernd und mit weit nach vorn ausgreifenden Händen in die Lüfte zu schwingen gedachte, ein Bein.

Die gestreckte Parabel, die mich wie einen Rammbock in den prallen Leib Nachtweihs treiben sollte, der sich in Sicherheit wähnte und eben herausfordernd auf dem Absatz kehrtmachte, kam nicht zustande. Statt dessen beschrieben sämtliche Körperteile, vom verletzten Knie über die Spitze dessen, was ich den Außerirdischen voraus hatte, bis zum Kopf und den sich in die immer dickere Luft verkrallenden Fingern konzentrische Kreisbögen, die an den jeweiligen Schnittpunkten mit der Geraden des Mittelgangs abbrachen, und zwar mit einem blechernen, sich zum Crescendo steigernden Gepolter.

An meinen Augen zogen während dieses Vorgangs ein schlaff über die obere Bettkante herabbaumelnder Fuß mit zusammengewachsenem dritten und vierten Zeh, ein Stirnfragment mit kurzen, zurückgebürsteten Haaren, der linke Teil einer aufgeklappten Zeitungsdoppelseite, in deren unterem Drittel ich die Hyäne aus dem Vormittagsprogramm wiedertraf, eine unter der Last gelbbepunkteter Oberschenkel zusammengequetschte Schaumstoffmatratze sowie ein verschatteter Zwischenraum vorbei, in dessen Tiefen ich für Sekundenbruchteile einen elfenbeinernen Schimmer wahrzunehmen glaubte, bevor meine Schläfe auf dem randvollen Kaffeebecher aufsetzte, den jemand so zielsicher auf dem Boden plaziert hatte, daß mein Hirnkasten den Inhalt erst komprimierte und dann anstelle des eigenen Flüssigkeitsreservoirs verspritzte.

Zur Abwechslung behielt ich meine fünf Sinne beieinander, zumal ich mich schon ohne Bewußtseinstrübung ohnmächtig genug fühlte. Diesen Triumph über das Gesetz der Serie verdankte ich allerdings weniger meiner inneren Einstellung als vielmehr der Tatsache, daß auch der Inhalt des Pappbechers zur Abwechslung siedendheiß war und mir die erdzugewandte Seite meines Gesichts verbrannte.

Das aufmunternde Zivilisationsgetränk verlieh mir des weiteren die Geistesgegenwart, die nicht zustande gekommene Ohnmacht doch wenigstens vorzutäuschen. Der Vorteil dieser Handlungsweise war für meine Umwelt nicht einzusehen, denn er lag in jener Dunkelzone, die mein Blick beim Sturz gestreift hatte und in der ich – alle viere von mir gestreckt – nun zumindest mit einer Hand unbemerkt weitere Erkundungen vornehmen konnte.

»Den hat es hingehauen«, sagte ein Bewohner der zweiten Etage, während ich aus dem Handgelenk heraus herumzutasten begann.

»Wurde auch höchste Eisenbahn, wurde das.« Das war Nachtweih, dem die Stimme flatterte wie bei einer unscharf eingestellten Radiostation. »Ich dachte, das Monstrum bringt mich um.«

»Habt ihr die Sprünge gesehen, Leute? Auf einem Bein und trotzdem ...«

»Jetzt hat er sich verraten.«

Da. Da war es. Vor dem Mittelfinger, den ich aber unmöglich noch weiter ausstrecken konnte.

»Und ob.« Wieder Nachtweih. »Ihr seid Zeugen.« Beipflichtendes Gemurmel in der Runde.

Es mußte gehen. Es mußte ... einfach ... reichen.

»Danke auch für die Amtshilfe.«

»Keine Ursache. Bloß so ein Fußballerreflex«, sagte der, der mich in Grünfinks Büro gefahren hatte.

»Paßt auf! Er hat sich bewegt.«

»Wo denn?«

»Der kommt wieder zu sich. Seid vorsichtig. Wer weiß, mit welchen Tricks so einer noch arbeitet.«

Erwischt. Obacht jetzt, ganz piano. Daß die Fingerspitze nur nicht abrutschte.

»Hab mal einen Streifen gesehen, in dem sie in der Antarktis so ein Raumschiffwrack ausbuddeln. Sieht zuerst auch alles ganz ausgestorben aus und harmlos, bis ...«

»Nun macht's aber halblang.« Ein erneutes Scheppern des Metallbodens, als jemand von der oberen Pritsche sprang, ein Beben und Vibrieren, das die Bergung allerdings nicht mehr gefährden konnte. Dann Schritte, gefolgt von leichten Fußtritten in die Rippen, auf die ich nicht reagierte.

»Keine Angst, der bleibt noch eine Ewigkeit auf seinem anderen Stern. Aber wenn einer den Doktor holt und den Hochkommissar, könnte das ja nicht schaden.«

Es war makellos gearbeitet und nahm rasch Körpertemperatur an.

»Kniffke meldet sich freiwillig.«

Gelächter.

Makellos und rund.

»Ich werd nicht mehr. Der pennt. Heh, Kniffke!«

Ruckeln und Quietschen.

»Ein Ufo direkt vor der Nasenspitze, und Kniffke liegt in seliger Ruh. Fertigmachen zum Ausrücken, Mann!«

Ich rollte es herum und wußte sofort was es war.

»Was? Was ist los?« Jemand gähnte und streckte sich.

»Notlandung eines Außerirdischen. Melder zum Arzt und zum Einsatzleiter, Kniffke. Aber ein bißchen plötzlich!«

Wieder die akustische Begleiterscheinung einer hastigen Pritschenräumung. Dann sprang jemand über mich hinweg, schlaftrunken seinen Befehl wiederkäuend, und platschte barfuß davon. Zwischen ihn und den erneuten Heiterkeitsausbruch seiner Kameraden schob sich leise surrend die Tür.

Eine popelige, eine ganz gewöhnliche Billardkugel spürte ich da unter den Fingern. Und deshalb hatte ich mir fast die Gelenke ausgerenkt, ich Schwachkopf. Bestimmt gab es auch eine Spiel- und Freizeitkabine in unserer Quarantäneröhre, und von dort mußte sie einer der Nachwuchskriminalen eingeschleppt und nachher verloren haben. Ich hatte nicht übel Lust, aufzuspringen und sie aufs Geratewohl gegen die Wandung zu pfeffern, besann mich aber gerade noch rechtzeitig eines Besseren.

»Ich schlage vor, schlage ich«, sagte Nachtweih, als wieder Ruhe eingetreten war, »wir schaffen ihn nach nebenan in die Leichenhalle, solange er noch weggetreten ist. Da braucht man nur den Deckel der Kühlbox zuschnappen zu lassen, wenn er renitent wird.«

»Und wenn ihm was passiert dabei? Nein, nein. Das soll der HK oder der Medizinmann entscheiden. Das Vernünftigste ist, wir halten ein Auge drauf und lassen ihn ansonsten in Ruhe.«

»Was zum Teufel ist wieder los bei euch?« mischte sich der Große Bruder ein.

Eines Besseren, weil mir sonst auf der Rückseite des Bällchens die nicht einmal daumennagelgroße Stelle entgangen wäre, in die etwas eingraviert oder eingeritzt war, was sich anfühlte wie... Moment... nein, kein Piktogramm, keine Skizze, es war ein Wort. Nur, wie buchstabiert man mit einer Fingerkuppe, wenn man es nicht auf einer Blindenschule gelernt hat, und wie liest die Haut Lettern, die nur zwei oder drei Millimeter groß waren?

Die Stimme kam über Bordlautsprecher und gehörte dem Hauptkommissar. »Aus dieser Schlafmütze hier wird ja kein Mensch schlau. Over.«

»Wo steckt denn bei euch...?«

»Dahinten.«

»Danke.«

Ein klickender Knopfdruck.

»Nachtweih. Also hier...«

»Geh aus der Leitung, Harry, ich will die Staffel.«

»Die hast du.«

»Aber ich denke, du strahlst Patzers Urbi et Orbi in aller Herren Länder. Vom Himmel hoch da komm' ich her und hab' euch von zu Hause viele kleine Erreger mitgebracht oder so ähnlich.«

»Er hat sich erstmal selbst erregt, hat er.«

»Red Klartext.«

Vielleicht ÖDIPUS? Wieso ÖDIPUS? Weil der sich von Mütterchen Jokastes' beiden Halbkugeln auch als Erwachsener nicht losreißen konnte? Oder weil Schwellfuß und Schwellknie schließlich nicht allzuweit auseinanderliegen? Quatsch. Noch einmal von vorn.

»Hinter mir her ist er wie der Leibhaftige und hat gebrüllt dabei, daß er Fleisch wäre von unserem Fleische. Und daß er mir und allen anderen das einbleuen und eingerben würde, wenn es nicht anders ginge. Zum Fürchten, sage ich dir.«

»Und?«

»Dann ist er auf die Nase gefallen und ganz friedlich geworden.«

Die beiden Anfangsbuchstaben waren falsch. Zumindest die. Der erste war niemals ein Ö, eher schon ein H, oder nein, ein E. Gut, ein verschnörkeltes E, und dann, sagen wir, meine Güte, wahrscheinlich konnte ich solche Hieroglyphen nicht einmal mit den Augen entziffern.

»Bewußtlos oder was?«

»Sieht so aus. Komm rüber und bring den Arzt mit.«

»Mensch, Nachtweih, seid ihr von allen guten Geistern verlassen? Ich mußte mich dafür verbürgen, daß es wegen dieser Infektionsgeschichte nicht zu Tätlichkeiten kommt und daß...«

»Notwehr. Ein glasklarer Fall von...«

»Und daß dieser Mensch oder was immer er darstellt, in Watte gepackt wird, bis die Untersuchungsergebnisse vorliegen. Aber kaum dreht man euch eine Viertelstunde den Rücken... Dreck verdammter... Ich komme. Ende.«

Dem Wiesel aus dem Wald schlug in dieser ganz und gar künstlichen Umgebung auch von anderer Seite eine bemerkenswerte Gastfreundschaft entgegen. Es würde um Unterschlupf so bald nicht verlegen sein.

Knacken.

»Wenn ihm etwas zustößt, werden wir alle auf den Mond geschossen«, meldete sich die Stimme noch einmal mit schneidender Sanftheit, »wie ich heute morgen schon ausführte. Ich habe aber zu erwähnen vergessen, daß ich den Mitreisenden dabei persönlich Feuer unter dem Arsch machen werde.«

EXITUS. Jetzt hatte ich die Lösung. EXITUS stand hinten auf der Billardkugel und darum herum, nein, das war kein Problem, darum herum waren ringförmig Sternchen eingeritzt.

»Zieht euch warm an«, sagte der aus der zweiten Etage. »Der Wetterdienst meldet einen heraufziehenden HK, und das bedeutet...«

»Pest und Schwefel!« vervollständigte ein eingeweihter Kollege.

XIX.

Die Umschreibung ließ sich genauso leicht lesen wie deuten: Sterntaler. Aber die Botschaft sollte einer verstehen. Exitus. Das war ein ziemlich definitives Wort, in der Medizin jedenfalls. Und ausgerechnet die sollte mir doch morgen auf den Leib rücken. War die Mitteilung also als Warnung gedacht, daß die Operateure mich über jene Schwelle schaffen würden, jenseits derer dem Vernehmen nach nicht das Außer-, sondern das Überirdische begann? Nur hatte ich eigenlich auf den metaphysischen Auftrieb, der zum Beispiel diesen Grubenschwimmer wieder an die Oberfläche hievte, noch gut ein paar Jahrzehnte verzichten können. Und überhaupt war das nicht Bérénices Art. Das mit der Kugel schon – als »Billardtalent« verfiel man eben auf solche indirekten und umwegigen Manöver. Aber einen erst nach allen Regeln ihrer Kunst hineinzureiten und sich dann unter Hinterlassung eines dreisilbigen Lakonismus einfach abzusetzen, nein, diese Güteklasse von Heimtücke blieb anderen vorbehalten. Wie ich es auch drehte und wendete, irgend etwas paßte nicht zusammen. Nur was? Ich tappte noch ein Weilchen im Dunkeln, dann ging mir ein Licht auf.

Es leuchtete mir direkt in die Pupille, nachdem Mause mit einem routinierten Griff das Augenlid hochgeschoben hatte.

»Simulant«, sagte er dann, und auf dieses Stichwort hin öffnete ich meine Hand und ließ die Kugel langsam, ganz langsam nach hinten rollen.

Jetzt beugte sich auch der Hauptkommissar zu mir herunter.

»Soll das heißen ...?«

Ich schlug auch das zweite Auge auf.

»Wo bin ich? Was will dieser Mensch von mir?«

»Muß das jetzt wirklich sein, Herr Patzer?«

»Um Gottes willen, keine Namen! Nicht vor so vielen Leuten. Ich bin V-Mann, wie Sie wissen. Zeigen Sie mir Ihre Zunge.«

Mause verstaute das Lämpchen in seinem Koffer und seufzte.

»Herr Patzer, es hat keinen Sinn, glauben Sie mir. Sie sind doch nicht auf den Kopf gefallen ...«

»Wenn Sie das als Mann der Wissenschaft so felsenfest behaupten«, unterbrach ich ihn und zog den zerdrückten Pappbecher unter meiner Schädelnaht hervor, »muß man es ja wohl glauben. Trotzdem hätte ich nach diesen niederschmetternden Erlebnissen eine kleine Bitte.«

»Und die wäre?«

»Verschreiben Sie mir ein Anti-Gravitativum, ja?«

»Oral oder intravenös, wie hätten Sie's gerne?«

»Was wirkt denn schneller?«

»Das kommt darauf an, wie hoch Sie hinauswollen.«

»Nicht sehr. Nur immer ein paar Millimeter über die Beine hinweg, die man mir stellt.«

Der Hauptkommissar, der unserer Unterhaltung mit zunehmendem Unwillen folgte, ergriff die Gelegenheit, sich einzuschalten und die vernehmungsgerechte Klarheit der Aussagen wiederherzustellen.

»Zeigen Sie mir den Mann, und ich verbürge mich dafür, daß die Sache ein disziplinarrechtliches Nachspiel hat.«

»Wissen Sie, eigentlich bin ich ein friedlicher Mensch ...«

Jemand versuchte schnarrend, sein Lachen in Gang zu bringen. Der Kommissar fuhr herum. Nachtweihs Anlasser schaltete ab.

»... Schwamm drüber also. Schließlich sitzen wir alle in einer Tonne.«

Der HK freute sich über die kooperative Geste, die in den gemeinsamen Stunden, vielleicht auch Tagen, die noch vor uns lagen, sicher reiche Früchte tragen würde. Jedenfalls sagte er das, und zwar, was die Früchte betraf, mit einem so drohenden Unterton, daß sich die Wangen des einen oder anderen Staffelmitglieds schon wie in einer Form der Schnellreife zu verfärben begannen.

Unterdessen hatte sich Mause weiter nach unten vorgearbeitet und beschäftigte sich – nach einem kurzen diagnostischen Zwischenstopp jenseits des Nabels – eingehend mit meinem Kniegelenk, das sich während der Verfolgungsjagd, obwohl mir nichts davon bewußt geworden war, ein beträchtliches Stück weiter gestreckt hatte. Der Fuß des verletzten Beins lag jetzt nicht mehr neben der Wade des gesunden, sondern in Enkelhöhe, und die Schwellung schien eine tiefgreifende Taubheit im Gefolge zu haben, die Mause ein Betasten, ja sogar ein vorsichtiges Hin- und Herbewegen erlaubte, das mich während der Fernsehbefragung sicher noch wie ein Brenneisen aufgescheucht hätte.

Der Arzt erklärte, die Kniescheibe sei angebrochen, aber die Zeit mache alles heil, und mit Ruhigstellen kriegten wir das alles wieder in Ordnung, woraufhin ihn Nachtweih wissen ließ, ich käme morgen ohnedies unters Messer, und für die Kollegen sei das bestimmt ein Aufwasch. Mause war sichtlich überrascht, grummelte etwas von konservativer Behandlungsmethode und arbeitete dann wortlos weiter, was mich bei seinem Mitteilungsbedürfnis zusätzlich beunruhigte. Schließlich ließ er eine neue Salamanderjacke sowie eine Hose in Übergröße heranschaffen, die ich über mein geschientes Gelenk streifen konnte. Sie reichte mir bis unter die Achselhöhlen, was sich als Glücksfall erwies, denn dort konnte ich sie wenigstens mit meinen beiden Krücken festhalten. Gürtel oder Hosenträger wurden nämlich wegen der von ihnen ausgehenden Verletzungsgefahr, so die Formulierung des Kommissars, auch in Ausnahmefällen nicht ausgegeben.

Nach dem Abschluß meiner medizinischen Versorgung humpelte ich auf demselben Weg zurück, den ich gekommen war, machte allerdings bei den sanitären Anlagen ausgiebig Station und sah mir auch das benachbarte Zwischenlager an. Der Grünfink war mir als Begleitperson zugeteilt worden, nicht so sehr wegen meiner in den letzten dreißig Stunden rasant zunehmenden körperlichen Gebrechlichkeit, sondern weil man mich nicht mehr allein und unbeobachtet wissen wollte. Die Wahl gefiel mir nicht schlecht, denn er entpuppte sich in unserer freischwebenden Runde nicht nur als einer der umgänglichsten, sondern auch kenntnisreichsten Internierten.

Nachdem ich ihm versichert hatte, daß die ungegossene Kellerdecke seines Neubaus schwerer auf meinem Gewissen laste als der Mord, von dem er ja nun zugeben müsse, daß ich ihn nicht begangen habe, war das Eis gebrochen. Er rückte damit heraus, daß er im Rahmen einer Katastrophenschutzübung zumindest theoretisch und auf dem Papier schon auf den letzten Schrei in Sachen Dekontamination und Seuchenbekämpfung vorbereitet worden sei. MOBIQUA hätte damals zwar noch SCHLAUHITRAK – Geschlossener Autarker Hochinfektionstrakt – geheißen, aber an Konzeption und Konstruktion der Anlage habe sich wohl nichts Einschneidendes mehr geändert.

»Das hier«, zitierte er aus dem Gedächtnis und tätschelte mit der Hand die Kühlfächer, vor denen wir standen, »ist das Siechenhaus, die Leprastation, das Aussätzigenasyl des einundzwanzigsten Jahrhunderts. Luftlandefähig, in kürzester Zeit montiert, überall aufstellbar, wenn es sein muß, sogar auf einer Bergspitze, wahlweise von den sich darin aufhaltenden Patienten zu bedienen oder von außen zu kontrollieren und vor allem so umweltunabhängig, daß es sogar unter mondähnlichen Bedingungen seine Funktionsfähigkeit nicht einbüßte.«

»Ende der Werbebroschüre.«

»Naja«, er wiegte den Kopf leicht hin und her, »das mit dem guten Mond geht ein bißchen weit. Diese Schweißnähte und Türdichtungen in einem Hochvakuum, schönen Dank. Und dazu noch die kosmische Strahlung, die bei den lächerlichen Wandstärken nicht im geringsten abgeschwächt würde. Das hielte nicht einmal eine Bärennatur durch, wenn Sie mich fragen. Ich bin nämlich ...«

»Amateurastronom«, ergänzte ich, »Sie haben sich bereits zu erkennen gegeben.«

»Wann denn? Ach ja, das Haar der Bérénice. Stimmt, stimmt genau. Irgendwelche Neuigkeiten unter achtundachtzig, vierundachtzig, nullsechs?«

»Wie man's nimmt. Der Generalbundesanwalt meint, sie sei in guten Händen. Aber in meinen Armen wäre sie schon besser aufgehoben.«

Der Grünfink öffnete die Klappe und schwenkte eine der Laden heraus.

»Äußerst platzsparende Anordnung«, bemerkte er, »insgesamt sieben Ruhenischen, eine davon als Obduktionstisch ausgelegt; maximale Konservierungsdauer bei normal temperierter Station zehn Tage. Bei Überfüllung besteht ...« er blinzelte aus den Augenwinkeln herüber, behielt den Zeigefinger aber auf der Innenbeschriftung der Klappe, auf die er seine Ausführungen stützte. »Klingt ganz akut nach Beziehungskiste.«

»Warum? Gibt es dafür an Bord keine Ernstfallregeln? Oder ist das aufblasbare Boudoir nicht rechtzeitig fertig geworden?«

»Das was?«

»Die Lotterwiese, wo sich die Todeskandidaten noch

einmal aneinander reiben können, bevor sie sich hier keusch und kalt stapeln lassen.«

Der Grünfink griente, schob alles zurück an seinen Platz und schloß die Abdeckung.

»Dies ist der Prototyp. Jeder kann Verbesserungsvorschläge machen, nehme ich mal an. Aber vielleicht wäre es einfacher, sie polten diese Pille um. Was ihre Nebenwirkungen angeht, meine ich.«

»Dr. Mauses Ideen gehen da mehr in Richtung aufweichen, wenn ich ihn richtig verstanden habe.«

»Da hatte er wohl gerade Steinchen untersucht. Der ist ohnehin für die allgemeine Versumpfung. Was mich bei jemandem, der Haus und Hof versoffen hat, nicht im geringsten wundert. Nach Ihnen.«

Ich setzte meine drei Beine in Bewegung.

»Wetten, daß er sich eine ganze Flasche von dem Färbemittel hinter die Binde gießen würde, ohne mit der Wimper zu zucken, wenn es nur dreiunddreißig Vollprozent hätte?«

»Welches Färbemittel?«

»Na, das Zeug in den Tabletten. Schwarz für V-1, weiß für V-2, grün für V-3. Damit sich keiner in eine andere Gruppe mogelt. Im Zweifelsfall Zunge raus, und schon ist die Sache klar. Eine Idee von genialer Schlichtheit, müssen Sie zugeben.«

Mußte ich.

XX.

Ich lag auf der oberen Pritsche und sah hinaus. Der Grünfink hatte es sich unten bequem gemacht und sah fern. Auch medientechnisch alles auf dem neuesten Stand, hatte er mir verraten, in jeder Kabine ein Empfänger, Zugang zu der gesamten von der Bundespost angebotenen Programmpalette inklusive Satellitenfernsehen, Closed-Circuit TV und Kassetteneinspielungen. Selbstredend gab es für die Verantwortlichen auch die Möglichkeit, bestimmte Stationen auszufiltern, falls sie Desinformationen verbreiteten oder geeignet waren, die Insassen der Station sonstwie in Unruhe zu versetzen. Diese Gefahr schien gegenwärtig aber nicht zu bestehen, vielleicht auch deshalb, weil die Mittagsprogramme ohnehin nur Leichtverdauliches boten.

Draußen regnete es in Strömen, und die Planen des Hauptzeltes hingen schwer und triefend zwischen dem Rohrgestänge, das sich unter ihnen abzeichnete wie die Rippen auf dem Brustkorb einer Magersüchtigen. Die Schulkinder am Zaun waren längst verschwunden, und von den wenigen Passanten, die unter ihren Schirmen vorbeihasteten, drehte mancher nicht einmal mehr den Kopf. Eine Gruppe von Overall-Trägern, die sich ihrer Masken entledigt hatte, war damit beschäftigt, den durchsichtigen Verbindungsgang zu zerlegen. Ich begriff jetzt, daß er aus zahlreichen Einzelsegmenten bestand, von denen sich jedes bis auf einen Bruchteil seiner Auszugslänge zusammenschieben ließ. Mit Hilfe eines direkt hinter dem Führerhaus montierten Krans wurden die Kunststoffringe auf einen Transporter des Technischen Hilfswerks verladen. Er kroch in Etappen von zwei oder drei Reifenumdrehungen neben dem Plexiglaswurm her, dem wie mit Spatenstichen ein Glied nach dem anderen abgetrennt wurde, bis das

Fahrzeug schließlich selbst erst zur Hälfte, dann vollständig aus meinem Gesichtsfeld verschwand.

Das feine Trommeln des Regens auf der Außenhaut der Station, das ewige Säuseln der Umwälzanlage und das Dahinplätschern der Fernsehrunde, die sich über die schnelle Vollwertküche für Singles sowie Gaumensurfen auf der Mikrowelle austauschte, mußte mich eingelullt haben. Allerdings konnte ich nicht lange abwesend gewesen sein, denn als mich Steinchen wachrüttelte, parlierten sie immer noch unverdrossen vor sich hin.

»Hier, bitte schön. Damit er uns nicht auch noch selbst vom Fleisch fällt, der Totengräber der Außerirdischen«, sagte er und schob mir ein dampfendes Tablett mit Kassler, Sauerkraut und Kartoffelbrei auf die Matratze. Also war die ganze Wahrheit inzwischen auch bei ihm angekommen.

»Ist etwas nicht in Ordnung?« Mit gespielter Besorgnis musterte er erst das Menu, dann mich. Endlich schlug er sich mit der flachen Hand gegen die Stirn.

»Wie konnte das nur passieren? Ich bitte um Vergebung. Fraglos bevorzugt man die interplanetarische Küche: Geschnetzeltes vom Mondkalb zum Beispiel. Nein? Schlichte Milchsuppe von der Straße? Wieder daneben? Aber jetzt, jetzt habe ich das Richtige«, sein Mund stülpte sich geschmäcklerisch vor und schmatzte leise, »das Leib- und Magengericht jedes Weltenbummlers: Wanderniere E.T., beidseitig ...«

»Laß ihn in Ruhe, Steinchen«, nörgelte der Grünfink zwischen zwei Bissen.

Die Gelegenheit, eine alte Feindschaft aufzufrischen, ließ der Rübezahl auch auf nagelneuen Isolierstationen nicht ungenutzt verstreichen. Mit enervierender Langsamkeit beugte er sich zu dem beamteten Spielverderber und Torpedierer so vieler vielversprechender Abende hinunter, schob seine Kochmütze in den Nacken und flötete aufs verbindlichste: »Im Gegensatz zu gewissen anderen Berufsständen, werter Mitesser, ist bei mir der Kunde sozusagen König. Und deshalb lese ich ihm jeden Wunsch von den Augen ab.«

»Ist das der Grund, warum auf deinen Suppen noch nie welche zu finden waren?«

»Aber ich habe die betrübliche Erfahrung machen müssen, daß es drei Gruppen von Menschen gibt ...«

»Laß mich raten. Die, die an deiner Currywurst, die, an deinen Schaschlikspießchen, und die, die an deinen Hamburgern verenden, stimmt's?«

»... nämlich erstens die Günstlinge des Himmels und wahren Feinschmecker wie unser Herrn Patzer hier, zweitens eine breite Mittelschicht, der sozusagen die letzten Geheimnisse des Hautgout verborgen bleiben, obwohl sie immer noch mit traumwandlerischer Sicherheit herausfinden, ob etwas gezuckert oder gesalzen ist, und drittens und letztens«, Steinchen zog geräuschvoll die Nase hoch, »den Bodensatz und Abschaum, leibhaftige Müllschlukker ...«

»Pommesbudenbesitzer wie einen gewissen ...«

»... Leute, bei deren Anblick einem das Fett in der Friteuse erstarrt und die kleinen Finken, die man mit durchfüttert, grün anlaufen.«

»Das erfüllt den Tatbestand der ... hauch mich mal an, Steinchen.«

»Seit wann braucht man für Trolleys einen Führerschein?«

»Wo, zum Teufel, hast du wieder Fusel aufgetrieben?«

Das Wiesel jagte jetzt so schnell zwischen den beiden hin und her, daß es meine ganze Aufmerksamkeit erfordert hätte, seinen Kapriolen zu folgen. Nur war ich von vornherein nicht ganz bei der Sache gewesen und verlor den Schlagabtausch deshalb aus den Augen und Ohren, als ich auch noch von dritter Seite mit Sensationellem bombardiert wurde. Der erste Ablenkungsfaktor ruhte neben dem Kassler Kotelett und dem Sauerkraut auf meinem Teller, genauer gesagt, er umgab jenes. Es handelte sich dabei um einen Ring aus Kartoffelpüree, der mich aber keineswegs wegen des Hungers fesselte, den ich schon seit längerem verspürte. Schließlich überspielte dieses Gebilde seinen unzweifelhaften Nährwert auf das erstaunlichste, indem es die Station bis ins kleinste Detail abbildete. Was ich sah, war ein Ding der Unmöglichkeit, das unsere Modellbauer und -designer vor Neid hätte erblassen lassen, und daß es zu allem Überfluß eßbar war, machte die Sache noch schwerer verdaulich. Alles, aber auch alles war sorgfältig herausgearbeitet, von den Schweißnähten bis zum Einstiegsluk, von den Fensterschlitzen bis zu den Halterungen für die Stahltrossen, die uns in Wirklichkeit in der Schwebe hielten. Aber das Faszinierendste war ein winziges Püreemännchen, das eben im Begriff stand, sich durch die Außenhaut ins Freie zu zwängen, als bestünde sie nicht aus Metall, sondern aus jenem zähflüssigen Brei, der auch das Schlaraffenland vor all den unerwünschten Neubürgern schützt, die sich nicht herzhaft genug durchzubeißen verstehen.

Nur die Arme des sich herausstemmenden Menschleins schienen verunglückt, denn der eine war merklich kürzer ausgefallen als der andere und in unnatürlicher Haltung nach hinten abgewinkelt. Die vorne eng zusammengepreßten Finger beider Hände glichen Pfeilspitzen. Was es mit dieser künstlerischen Unvollkommenheit auf sich hatte, begriff ich erst in dem Moment, als kurz vor Beginn der Nachrichtensendung die allfällige Zeituhr mit ihrem vorrückenden Sekundenzeiger auf dem Fernsehschirm auftauchte. Auch die Arme des Männchens waren nämlich solche Uhrzeiger! Und der Zeitpunkt, den ich jetzt ohne weiteres ablesen konnte, lag irgendwo zwischen 2.25 Uhr und 2.30 Uhr.

Soweit hatte ich die Sache enträtselt, als für den Grünfink ein von ihm nicht weiter spezifizierter Tatbestand erfüllt war und er die Fahndung nach dem illegalen Ausschank in unserer Trockentonne aufnahm. Dann begann die Tagesschau, von der mich akustisch allerdings nur Bruchstücke erreichten, weil sich mein Bewacher und mein Verpfleger weiterstritten wie die Kesselflicker. Ich hatte das Bedürfnis, nicht minder lautstark um Ruhe zu bitten, aber kaum füllten sich meine Lungen, wurde mir klar, wie unbedacht ein solcher Ausbruch gewesen wäre. Jetzt nämlich hatten sie ihre Umwelt vergessen, und der Grünfink bemerkte nicht einmal, daß mir Informationen zugänglich waren, die er mir sonst möglicherweise per Knopfdruck verwehrt hätte. Also verhielt ich mich mucksmäuschenstill, während die beiden Streithähne sich bis in die Vor- und Frühgeschichte ihrer Feindseligkeiten zurückarbeiteten und längst Vergessenes wieder aufwärmten, wohingegen unser Mittagessen, wie um den Temperaturanstieg auszugleichen, ebenso unaufhaltsam abkühlte.

Auf dem Flugplatz reichte der Bundeskanzler dem Regierungschef einer befreundeten ostasiatischen Nation die Hand und schritt mit ihm die Ehrenformation ab, bevor beide ihrerseits unter den Nationalhymnen erstarrten. Die Sprecherin im Studio verlas einen Kommentar, während in ihrem Rücken rasch wechselnde Grafiken über Handelsvolumen, Marktanteile und die Zuwachsraten des bilateralen Kulturaustausches Auskunft erteilten.

Von den Aufwärtsentwicklungen beflügelt, schwenkte sodann der Parabolspiegel eines Radioteleskops in den wolkenlosen argentinischen Frühlingshimmel. Ein Wissenschaftler zeichnete mit der Spitze seines Kugelschreibers Gebirgszacken auf einem Rechnerausdruck nach und gab ein Statement ab, von dem mich nur die Versatzstücke »Quasarinterferenzen«, »Quellen unglücklicherweise« und »wie Störsender während des Kalten Krieges« erreichten. Letzteres übrigens ein Zustand, über den der Meinungsaustausch eine Etage tiefer zügig hinauseskalierte.

»Von der Zukunftsmusik und den Sphärenklängen fremder Welten«, las ich der Dame von den Lippen, »zurück zu unseren hausbackenen Problemen. Erfreulicherweise hat sich die Situation in und um Bergisch Hall stabilisiert.« Unter mir zerschmetterte ein Teller, gefolgt von einem Aufheulen Steinchens. Die Ansagerin brachte sich in Sicherheit und überließ einem Reporter den Bildschirm, der vor einer Straßensperre Ruhe und Zuversicht ausstrahlte. Die Ansteckungskette sei erfolgreich und noch in der Entstehungsphase der Epidemie unterbrochen worden, verstand ich zunehmend mühelos, weil die schlagenden Argumente unter mir jetzt nicht mehr mit Hilfe der Stimmbänder ausgetauscht wurden. Obwohl die Entwicklung des Serums fieberhaft und in mehreren Forschungslaboratorien und Universitätskliniken gleichzeitig vorangetrieben werde, würden die ersten Impfungen wohl nicht vor Mitte der kommenden Woche erfolgen können. Bis dahin bleibe Bergisch Hall aus seuchentechnischen Gründen von der Außenwelt abgeschnitten und werde aus der Luft versorgt.

Über der Flußniederung neben der Bundesstraße, auf der Bérénice und ich gestern morgen angereist waren, schwebte ein viermotoriger Militärtransporter ein und ließ, ohne aufzusetzen, Kiste um Kiste aus seinem Rumpf in das Gras purzeln, das nach den Regenfällen so triefnaß war, daß das Wasser bei jedem Aufprall nach allen Seiten davonspritzte.

»Und nun«, wagte sich die Ansagerin wieder hervor, denn in meiner Kabine war es ganz friedlich und still geworden, »zur Bademode des nächsten Sommers, die gestern abend von führenden deutschen Herstellern gleichzeitig in Westerland und an der grünen Lagune von Lanzarote präsentiert wurde.«

Während die Nixen sich mal auf schwarzer Vulkanasche räkelten, mal um Casinotische und Pokergesichter herumtänzelten, riskierte ich einen Blick nach unten ins Zentrum jener unheimlichen Ruhe, die nichts Gutes verhieß. Und richtig – der Grünfink lag in seinem Blute, das er mit einem vor die Nase gepreßten Stoffballen zu stillen suchte, wobei mich die Kopfhaltung nicht von ungefähr an jenen Unglücklichen erinnerte, der vielleicht immer noch unter dem Igludach dümpelte. Neben seinem Widersacher ausgestreckt und von einem Halo aus Scherben und Speiseresten umgeben starrte Steinchen mit seinem nicht zugequollenen Auge ganz unverwandt durch mich hindurch. Ich wedelte mit der Hand. Keine Reaktion. Ich winkte stärker und zerquetschte durch meine Unbeholfenheit ein Drittel der Station, richtete aber sonst rein gar nichts aus. So stierte kein Bewußtloser; diese bodenlose Leere ...

»... bittet die Kriminalpolizei um Ihre Mithilfe. Wegen des Verdachts geheimdienstlicher Tätigkeit dringend gesucht werden folgende Personen: Bérénice Sterntaler, alias Stella Ducati, ca. 1.70 m groß, schlank, anziehende Persönlichkeit; Josef Ante, dreiundfünfzig, untersetzt, wirkt schwerfällig und spricht Sauerländer ...«

Schon aber war der Grünfink zur Stelle und preßte unter einem Schwall von Verwünschungen, die ich einem Ordnungshüter niemals zugetraut hätte, sein besudeltes Kissen vor Jupps den Bildschirm füllendes Gesicht, während die andere Hand wahllos alle Schalter umlegte, die ihr unter die Finger kamen.

Hinter ihm hing die Station auf halbem Weg zwischen Startplatz und Ziel. Sie war ein Wrack, das aussah, als habe eine gewaltige Faust auf einem Teil des Ringes geruht, aber trotzdem durchmaß sie den Raum in majestätischer Ruhe, seltsame Fäden hinter sich herziehend wie ein bizarres U-Boot, das aus einem Seetangwald an die Oberfläche steigt.

In der Schwerelosigkeit des Transits aufgereiht wie Perlen an einer Schnur folgten ihr ein flachgeklopfter Asteroid mit bumerangähnlicher Vorderwulst, ein entsilbertes und abgestumpftes Lamettaknäuel und schließlich und endlich ein Objekt, das einer fliegenden Untertasse oder einem dahinsegelnden Teller zum Verwechseln ähnelte.

XXI.

Während mein unberührtes Mittagessen gegen die Armaturen klatschte und der Teller, der ausgewandert war, eine ganze Armlänge vom Grünfink entfernt auf einer Reglereinheit zerlegte, fiel ich immer noch in den Ungrund, der sich in Steinchens Augapfel aufgetan hatte.

Er stand jetzt neben meiner Pritsche, die Wurfhand hochgereckt, und blickte, ohne mit der Wimper zu zucken, weiter in eine Unendlichkeit, die es auf Erden nicht gab. Möglich, daß der Hieb in seinem Kopf etwas durcheinandergebracht hatte und daß er an den Folgen einer Gehirnerschütterung litt. Möglich aber auch, daß er die Leere, in der ihm jetzt alles versank und die er nicht wieder abzuschütteln vermochte, längst aus eigener Anschauung kannte, in ihr gereist, vielleicht sogar geboren war.

Das eben noch so bewegliche Ziel, das seine Projektile verfehlt hatten, war gleichfalls erstarrt. Das Kopfkissen bis zu den Brauen hochgeschoben lehnte der Grünfink neben dem blutverschmierten Monitor, dessen buntes Innenleben implodiert war, kaum daß die Station neben ihm zerspritzte, so als hätte das eine etwas mit dem anderen zu tun gehabt.

In der Kabine herrschte die verwunschene Windstille, in die auch Bérénices unerklärliches Benehmen im Wald eingemündet war, jene Verhaltenheit, vor der der Herzschlag der Ereignisse eine grenzenlose Sekunde lang aussetzt. So viel Raum war in diesem nichtigen Intervall, daß man MOBIQUA zur Besichtigung freigeben und dort wie in einem Wachsmuseum Führungen hätte veranstalten können. Anschließend hätte es leicht noch zu einer Wanderung zum Gedenkstein des Namenlosen Weltfremden gereicht und zum Besuch von »Patzers Panoptikum« mit seinen berühmten Ausstellungsstücken wie dem Kugelbrief der Sterntaler, Jupps Kontaktgestänge oder Dr. Mauses Katerkiller und zum Kaffeetrinken in Peter Steinchens »Zum Ausstieg« und zum Rundflug über die ehemalige Quarantänezone und zu einer Wanderung zum Gedenkstein des Namenlosen Weltfremden und zum Besuch von »Patzers Panoptikum« mit seinen berühmten Ausstellungsstücken wie... halt!... nein... nicht doch... wie Malte-Laurenz' Endlosschleife. Die, werte Museumsbesucher, stellen Sie sich am besten als gesprungene Platte vor, bei der die Gedankennadel nie mehr aus der einen Rille herausfindet. Kennen Sie doch bestimmt, das Phänomen. »Dornröschen, das schlief hundert Jahr, hundert Jahr, Dornröschen, das schlief hundert Jahr, hundert Jahr, Dornröschen...« Hilfe... um Himmels willen, nein!... »Das schlief hundert Jahr, hundert Jahr, Dornröschen, das schlief...«

»Ich wiederhole«, sagte der Lautsprecher durch die ausweglosen Wiederholungen in meinem Kopf und versetzte damit dem Plattenarm jenen winzigen Stoß, der genügt, damit die Musik weiterspielt. Was sollte da noch einmal mitgeteilt werden? Bei mir war vorher nicht das geringste angekommen außer... Von wegen, in den Kreisverkehr bog ich nicht wieder ein.

»Eine wichtige Durchsage. Hier spricht die MOBIQUA-Außenleitstelle. Ich wiederhole. Dies ist ein Notfall. Durch einen technischen Fehler in der Luftaufbereitungsanlage kann das Einatmen der Stationsatmosphäre zu schweren Krämpfen und/oder Verwirrungszuständen führen. Stellen Sie deshalb sofort jede körperliche Bewegung ein und atmen Sie so flach wie möglich. Ich wiederhole, erstarren Sie, wo immer Sie sich befinden, und holen Sie auf keinen Fall tief Luft! Ein Rettungswagen, der einen vollständigen Luftaustausch durchführen wird, ist unterwegs. Es besteht kein Grund zur Panik. Ich wiederhole. Es besteht kein Grund zur Panik, solange Sie sich genau an unsere Anweisungen halten. Kein Wort! Keine Bewegung! Kein Durchatmen! Achtung, Achtung, hier spricht die MOBIQUA-Außenleitstelle. Wir melden uns in wenigen Sekunden wieder.«

Es folgte Musik, und zwar einer von jenen melodiösen Tranquillizern, die man auch gern vor Flugzeugstarts und in überfüllten Messehallen verabreicht.

Welche neue und elegantere Form der Vergasung feierte hier Premiere, fragte ich mich mit der plötzlichen Ruhe eines Unbeteiligten, die mir wie selbstverständlich vorkam. Eleganter, weil diesmal niemandem hinterrücks etwas Böses zustieß. Jeder hatte vielmehr die freie Wahl, und gewarnt war er auch. Atmen, lautete die Alternative, und die damit verbundenen Risiken für Leib und Leben in Kauf nehmen oder die Luft anhalten und ihnen aus dem Wege gehen. Keimträger waren wir alle und schlimmer als Aussätzige, denn der Erreger war nicht von dieser Welt und konnte die Menschheit hinmähen wie einst der Schnupfen die Eskimos. Und doch behandelte man uns bis zum Schluß mit fürsorglicher Humanität. Selbst die Kaltstellung, zu der sich die Verantwortlichen im Interesse unserer Kinder und Kindeskinder schweren Herzens hatten durchringen müssen, wurde als technisches Versagen getarnt und von dieser schönen Geste der Rücksichtnahme und des Mitgefühls begleitet.

Schwachsinn. Ich wollte über mich selbst den Kopf schütteln, aber ich durfte ja nicht. Was ich mir gerade eingeredet hatte, war doch nur der Beweis dafür, daß die Warnung vor Purzelbäumen des Verstandes nicht aus der Luft gegriffen war – beziehungsweise gerade doch. Menschlich wäre es gewesen, uns hinüberdämmern zu lassen, ohne daß wir etwas davon mitbekamen. Die Warnung, etwas Lebenswichtiges sei nicht in Ordnung, gab dagegen, richtig gedeutet, grünes Licht für die Zukunft.

Aber auch die Logik dieser Gedankenkette kam mir seltsam verheddert vor. Sauerstoffmangel möglicherweise, während sich sprudelnde Stickstoffbläschen in den Passungen zwischen Prämisse und Schlußfolgerung festsetzten und beide Teile weiter und weiter auseinanderdrückten.

Jetzt war ich auf der Hut und hörte haargenau hin, als die Musik unterbrochen wurde und sich der Sprecher erneut meldete, ohne allerdings Neues mitzuteilen. Er verlas denselben Text mit derselben sorgsam unaufgeregten Intonation. Entweder war das eine extra für solche Fälle vorproduzierte Konserve, oder der Mann war ein Meister der Selbstbeherrschung, ein menschliches Tonband, das folglich dieses Hilfsmittels gar nicht mehr bedurfte. Aus seiner Durchsage etwas über Hintergründe, wahre Absichten oder Schutzbehauptungen herauszufiltern, war, wie ich mir schon auf halbem Wege eingestand, ein Ding der Unmöglichkeit.

Statt dessen begann ich, da in der allgemeinen Erstarrung, die eine böse Fee über die Station gebracht zu haben schien, ohnehin nichts Sinnvolleres zu tun war, die Erinnerungen der letzten Stunden abzurufen und sie vor dem Hintergrund einer sich allmählich mit Schadstoffen aufladenden und schließlich ins Lebensbedrohliche umkippenden Atmosphäre in die Schubladen des Wahren, des Wahrscheinlichen und des Eingebildeten zu verteilen. Dabei fiel mir sehr bald eine analoge Anreicherung meines Gedächtnisses mit Wahngebilden auf, was ich mit erleichtertem Aufatmen quittiert hätte, wären dabei nicht meine Lungen in Mitleidenschaft gezogen worden.

Trotzdem wurde mir leicht ums Herz, als mein Realitätssinn nach all den Demütigungen, die er hatte hinnehmen müssen, wieder stolz sein Haupt erhob und mich im Handstreich in die Welt des gesunden Menschenverstandes zurückholte, die ich schon auf Nimmerwiedersehen verloren geglaubt hatte. Alles erklärte sich jetzt wie von selbst. Der Überfall Steinchens, dessen Hirn ohnehin alkoholgeschädigt war und auf toxische Beimischungen in der Atemluft deshalb besonders empfindlich reagieren mußte. Die Konferenzschaltung im Fernsehen, die im großen und ganzen so abgelaufen sein mochte, wie sie mir im Gedächtnis haftete, in der aber bestimmt nur ein höchst irdischer Leichnam mit ebenso einheimischen Blattern vorgekommen war. Alles andere, das ganze sensationelle Brimborium, hatte meine vergiftete Phantasie dazuerfunden. Und auf das Konto der Aerosole und halluzinogenen Molekülzusammenrottungen ging mit Sicherheit auch der freischwebende LOO-DO Astronaut, die Inschrift auf der Billardkugel und – als eklatantestes Beispiel für eine wahnhafte Verzeichnung der Realität – die Ministation aus Kartoffelpüree.

Da mir die Stimme, die ihre Litanei schon wieder herunterbetete, immerhin nicht verbot, mich ohne Kopfbewegung umzusehen, konzentrierte ich mich nach Abschluß der Rückblende auf die sporadischen Aktivitäten in der Kabine. Sie gingen keineswegs von Steinchen oder dem Grünfink aus, die wie vom Donner gerührt in ihren Posen verharrten, sondern von der Elektronik und den Naturgesetzen. Die Elektronik sorgte dafür, daß die Uhr unter den Kameras sich taktvoll ans Durchmessen der zweiten Viertelstunde nach eins machte, während hier und da Zeiger ausschlugen und Lämpchen aufglommen, so als versuche jemand, sich von außen einzuschalten und das Studio ferngesteuert in Betrieb zu setzen. Die Naturgesetze dagegen verringerten peu à peu die Kohäsion der auf den Armaturen und der Verkleidung klebenden Speisereste. Also verlor hier ein Breiklecks den Halt und tropfte herunter, dort gerieten ein paar Sauerkrautfäden ins Rutschen und glitschten von dem Knopf, der sie aufgefangen hatte. Während sie sich am Boden unter ihrem vormaligen Aufenthaltsort ineinander schlängelten, zerstörte die unmerkliche Berührung mit einem Fadenende das labile Gleichgewicht einer Scherbe, die daraufhin in den Rücken fiel und auf ihrer sanften Rundung hin und her, her und hin wippte wie das seines Aufbaus beraubte Unterteil eines Schaukelpferdes.

Das ging endlos und dauerte noch an, als mir Dr. Mause schon mit einem Messerchen die Fingerkuppe geritzt und den austretenden Tropfen auf einer kleinen Glasplatte verteilt hatte. Er deckte das Ganze dann mit einem zweiten Plättchen ab und übergab das Präparat seinem Assistenten, der es in einem mit durchnumerierten Fächern versehenen Koffer verstaute und mir die entsprechende Zahl auf den Handrücken schrieb.

Wer dieser Mann war, konnte ich wegen der Sauerstoffmasken, die beide trugen, nicht ausmachen, aber ich tippte auf einen der Bereitschaftspolizisten. Wie der Arzt trug auch sein Gehilfe ein großes Schild auf der Brust, das mit zwei roten Kreuzen und der schon bekannten Devise »Kein Wort! Keine Bewegung! Kein Durchatmen!« versehen war und das er sofort hochriß, als ich meine unbequeme Lage geringfügig verändern wollte.

Nach mir war Steinchen an der Reihe, dessen immer noch hochgereckte Wurfhand für Mause unerreichbar war, so daß sein Begleiter aus der Nebenkabine einen Plastikbehälter herüberschleifte, auf den er steigen konnte. Steinchens Hand begann immer heftiger zu zittern, als sich der Arzt daran zu schaffen machte, und ich sah, daß ihm Schweißperlen über das Gesicht liefen wie vorher schon dem Generalbundesanwalt Zwingli.

Dann brach der Ereignisstau. Steinchen riß seinen Arm an den Leib und rempelte Mause mit der Schulter an, so daß er das Gleichgewicht verlor und vom Podest in die

Arme seines Assistenten taumelte, der ihn geistesgegenwärtig auffing und um den Preis eines hoffnungslos zerknitterten und zerknickten Schildes auch noch den Koffer rettete. Allerdings war er damit so vollauf beschäftigt, daß er beim besten Willen nicht mehr hätte verhindern können, daß Steinchen ihm die Atemmaske vom Gesicht zerrte und selbst davon Gebrauch machte. Das nämlich war wohl sein Plan gewesen, wenngleich die Ausführung über klägliche Ansätze nicht mehr hinausgelangte. Kaum hatten sich nämlich seine Finger um das Endstück des Zuleitungsschlauchs geschlossen, verließ ihn alle Tatkraft. Er verdrehte das Zyklopenauge, so als wolle er vor der unerträglichen Außenwelt in seinem Inneren Schutz suchen, ging zu Boden, kroch noch ein Stück in Richtung Tür wie ein von seinen Instinkten weitergeschleiftes Tier und blieb dann unter Zuckungen liegen, die aber zusehends an Intensität verloren.

Draußen zuckte es auch, und gelbe Lichtreflexe spukten über das Metallgewölbe oberhalb des Fensters. Aufgeregte Stimmen drangen durch das Motorengeräusch; Befehle, Getrappel, ein paar Hammerschläge, deren Nachbeben den ganzen Ring durchlief, dann wurde – vielleicht in der Dusch- und Hygienezelle – von unten etwas Schweres angekoppelt und verschraubt.

XXII.

Frischer Wind, Ozon, Waldesluft. Was da in ersten Wellen aus den Ventilationsschlitzen um mich herumfächelte, waren ambrosische Düfte gegen den Pesthauch, den sie durchsetzten und allmählich vertrieben. Während draußen der Kompressor wummerte und die Unterdruckpumpe, die die keimgeschwängerte Stationsatmosphäre in einen Tankwagen saugte, hochtourig winselte, beschnüffelte ich mit Schaudern den Brodem, in dem wir mehr oder weniger ahnungslos existiert hatten. Diese petrochemische Melasse, dieser Sirup aus menschlichen Ausdünstungen und maschinellem Einlaufgestank, über dem zusätzlich noch das Aroma eines mittelschweren Kabelbrandes lag, sollte durch unsere Atemorgane zirkuliert und uns auch nur kurzfristig erträglich gewesen sein? Unvorstellbar. Vollkommen ausgeschlossen.

Über den Lautsprecher kam die Entwarnung. Mause, der inzwischen sein äußeres wie inneres Gleichgewicht wiedererlangt hatte, schob die Atemmaske nach unten, so daß sie jetzt über dem Schild an seinem Hals hin- und herbaumelte. Sein Assistent, in dem ich einen der beiden Polizisten erkannte, die die Grabung vorgenommen hatten, machte es ihm nach und tippte seinem Kollegen aufmunternd auf die Schulter.

»Alles wieder in Ordnung, Herr Fink.«

Keine Reaktion.

»Es ist überstanden. Frischluft – riechen Sie mal.«

Das Kissen bewegte sich langsam nach unten, während Grünfinks nach hinten gebeugter Kopf in die normale Stellung zurückwanderte. Er schien Todesängste ausgestanden zu haben und immer noch von Mißtrauen beseelt zu sein, denn es dauerte geraume Zeit, bis sich seine Verkrampfung löste und er ein paar tiefe Atemzüge wagte. Anscheinend aber standen die Sterne, für die er sich so brennend interessierte, nicht nur seiner völligen Wiederherstellung im Wege.

»Was ist mit ihm?« war denn auch das erste und vorerst letzte, was er wissen wollte.

Die Frage, die unter einer blutverkrusteten Nase laut wurde, bezog sich auf seinen ganz ausgelaufen wirkenden langjährigen Wochenendgast. Steinchen, den der Arzt inzwischen auf den Rücken gedreht hatte, war leichenblaß bis auf das blaue Auge, das wie ein miniaturisierter Vulkankegel aus der fahlen Ebene seiner Wange aufzusteigen schien.

»Schnell doch! Nun machen Sie schon, Sie Schnecke.«

Das war Mause, der den Bereitschaftspolizisten herüberwinkte, während er Steinchens Kiefer aufhebelte und mit dem Finger in die verfärbte Mundhöhle fuhr. Sekunden später hatte er ihm die Atemmaske seines Assistenten über Mund und Nase gestülpt.

»Hier, festhalten! Und öffnen Sie das Ventil, soweit es geht.«

Er lag jetzt halb über Steinchens Brustkorb und preßte ihm seine Faust in regelmäßigen Abständen auf die Rippen. Nach einigen Minuten unterbrach er, inzwischen puterrot, schnaubend und prustend die Herzmassage, fühlte den Puls, testete ein paar Reflexe und verdoppelte seine Anstrengungen.

Die sich immer weiter aufschaukelnde verzweifelte Gewalttätigkeit des Arztes nahm nicht nur mich mit. Dem Schutzpolizisten war längst das Kreideweiß Steinchens ins Gesicht gestiegen. Der Grünfink sah aus, als würde er gleich in Tränen ausbrechen. »Können wir etwas tun?« stotterte ich in einer neuerlichen Untersuchungspause. Aber Mause schüttelte nur unwirsch den Kopf, bevor er sich wieder auf den Körper warf wie ein Raubtier über seine hingestreckte Beute.

Sein Prusten hatte sich zu einem Hecheln und Keuchen gesteigert und klang jetzt fast schon wie das Schnappen und Jaulen einer ganzen Hundemeute. Gleich würde die Faust Fleisch und Knochen durchstoßen haben und direkt in die Kranzgefäße des Opfers hineinboxen. Und, kam mir ganz unvermittelt in den Sinn, dabei vielleicht auch auf jenes Figürchen treffen, das den durcheinandergeratenen Röntgenaufnahmen zufolge doch einem von uns am Herzen lag. Bei Steinchen hätte es mich jedenfalls nicht gewundert. Bei Mause dagegen reichte meine Phantasie nur bis zu der Vorstellung, daß sein Kopf gleich vor Anstrengung platzen mußte wie eine überreife Tomate. Er quäkte aber nur wie ein Hase, dem ein Iltis an der Kehle sitzt, und rollte nach Luft ringend neben Steinchen auf den Rücken, wo er mit geschlossenen Augen liegenblieb, während sein Brustkorb wie ein Blasebalg arbeitete.

Der Kontrast zwischen diesem Auf- und Niederflattern und der trotzigen Unbewegtheit nebenan hätte deutlicher nicht ausfallen können. Wir alle wußten Bescheid, und niemand brauchte das Wort auszusprechen, das meine hellseherischen Finger auf der Rückseite einer Billardkugel vorbuchstabiert hatten.

Der Polizist hob wie in Trance die Maske von Steinchens Gesicht, richtete sich auf, ging die wenigen Schritte zu Mause hinüber, kniete nieder und drückte sie ihm ebenso geistesabwesend über Mund und Nase.

Etwas später drehte er den Kopf und sah mich an. Einen Moment hielt ich stand, dann blickte ich weg – direkt in das Fegefeuer einer anderen Seele.

Der Grünfink begann, sich mit überstürzender Stimme zu entschuldigen. Ob er Steinchen anredete oder uns oder sich selbst, wurde ebensowenig deutlich wie das, was er vorbrachte. Allenfalls daß er es doch nicht so gemeint habe, glaubte ich heraushören zu können, daß er gar nicht fest habe zuschlagen wollen und daß der ganze Wahnsinn hier überhaupt ein Ende haben müsse.

Ich kletterte von meiner Pritsche, humpelte zu ihm hinüber und versuchte ihn zu beruhigen, was er mit einem neuen Wortschwall quittierte. Ich hätte doch keine Ahnung, was um mich herum vorgehe. Denn erstens solle alles vertuscht und unter den Tisch gekehrt werden, soviel hätte er schon mitbekommen. Und zweitens böte die ganze Geschichte den Leuten vom Kristenstab doch nur einen willkommenen Anlaß, ihre Einsatzpläne auszuprobieren und die Station unter Ernstfallbedingungen auf Herz und Nieren zu prüfen. Aber nicht einmal damit seien sie anscheinend zufrieden. Hatte sich das Kommando, das sein Büro verwüstet habe, etwa nicht ausgetobt ohne Sinn und Verstand? Und überhaupt, was gab denen das Recht, ihn und die anderen Kontaktpersonen mit Waffengewalt zusammenzutreiben wie Vieh oder Schwerverbrecher? Bisher habe er die Zähne zusammengebissen und gute Miene zum bösen Spiel gemacht, aber damit sei es jetzt vorbei. Wenn mit Absicht Zwischenfälle heraufbeschworen und dabei Menschenleben gefährdet oder geopfert würden, fühle er sich an keinen Diensteid mehr gebunden.

Ich nickte, stimmte zu, bestätigte, was immer er bestätigt haben wollte. Nur als er fragte, ob ich glaube, daß der auf Steinchens Schädel zu Bruch gegangene Teller irgend etwas mit dem zu tun haben könne, was er seine jetzige Funkstille nannte, schüttelte ich ganz energisch den Kopf.

»Ach, woher denn. Die Aufregung, der Alkohol, der ihn zerrüttet hat, die vergiftete Luft – das alles ist auf tragische Weise zusammengekommen.«

»Meinen Sie wirklich?«

»Ganz bestimmt.«

»Aber – dann werfen Sie mir also allen Ernstes vor...«

»Wieso denn? Was soll ich Ihnen vorwerfen?«

»Daß ich schuld bin...«

»Ich sage doch, daß dieses hauchdünne Porzellantellerchen...«

»Der Alkohol, die Luft, haben Sie gesagt, und die Aufregung. Und die Aufregung. Ich habe das genau verstanden. Und wer hat ihn aufgeregt? Ich. Aber warum? Das haben Sie natürlich zu erwähnen vergessen, obwohl Sie die ganze Zeit dabei waren. Sie sind doch ganz eindeutig Partei, das sind Sie.«

»Also da hört sich...«

»Sie wollen mir die Schuld in die Schuhe schieben, jawohl. Aber das lasse ich mit mir nicht machen. Wer hat denn angefangen mit dem Gehänsel und den Beleidigungen, bitte schön?«

»Darum geht es nicht.«

»Und ob es darum geht! Er hat mich auf die Palme gebracht. So herum war's. Aber bin ich deshalb vielleicht gleich weggeblieben?«

»Nein, offenbar...«

»Dann verbreiten Sie hier nicht die Unwahrheit, Sie... Sie Fremdkörper, Sie!«

Ich drehte mich um und stöckerte auf meinen Krücken an den Füßen Steinchens vorüber zum Bett zurück. Mause schien wieder halbwegs bei Kräften zu sein. Jedenfalls hatte er den Oberkörper aufgerichtet und nestelte an seinem Schild herum. Kaum hatte er die Kordel über den Kopf gezogen, schlug er die Pappe so heftig über sein angezogenes Schienbein, daß sie in der Mitte zusammenknickte. Dann rutschte er zu Steinchens Kopf und stellte das kleine Zelt über seinem Gesicht auf.

KEIN..., las ich, KEINE BEW..., KEIN DUR...

Ich zog mich zu meiner Pritsche hoch, drehte allen den

Rücken zu und starrte in das Getriefe und den Sauerkrautregen vor dem Fensterschlitz.

»Tut mir leid«, sagte der Grünfink, »ich weiß nicht, was ich rede.«

»Schon gut.«

»Aber mit dieser verdammten Herumprobiererei muß jetzt Schluß sein. Ein für allemal. Wir sind doch keine Versuchskaninchen.«

»Genau, ganz genau!« assistierte der Assistent.

»Ich sorge dafür, daß es ein Ende hat«, erklärte Mause.

Dann spürte ich seine Hand auf meinem Unterarm, die ihn sanft, aber unnachgiebig nach hinten zog. Er öffnete meine Faust, umfaßte den Zeigefinger, streckte ihn.

»Das wäre doch gelacht.« Meine Nerven meldeten einen Einstich in der Fingerkuppe. »Solange ich Stationsarzt bin, wird es hier jedenfalls keine Experimente mehr geben.«

XXIII.

Der Luftaustausch war abgeschlossen, die Wagen verleibten sich ihre durchnäßte Besatzung wieder ein und krochen mit beschlagenen Scheiben über den Asphalt davon. Dann lag der Platz so leblos vor mir, als habe sich durch seine Gullys und Rinnsteine gerade erst eine Sintflut verlaufen, in die Bergisch Hall zumindest ebenso tief eingetaucht war wie das Transformatorenhäuschen in den deplazierten Stausee am Denzer Hammer.

Dafür herrschte in meinem Rücken schon bald ein geschäftiges Treiben. Zuerst wurden die sterblichen Überreste Steinchens verpackt. Ich hörte das Knittern und Schlurfen beim Ausbreiten der Plastikhülle und beim Einschlagen des Leichnams, dann surrte ein endloser Reißverschluß, und ein paar hustende Männer trugen die Last in Richtung Kühlraum davon. Anschließend reinigte jemand den Boden und die Studiowand, während sich der Fotograf bereits anschickte, die Anlage wieder in Betrieb zu nehmen.

Dabei traten immer neue Schwierigkeiten auf, und der Hauptkommissar, der über Bordtelefon mit der Außenstelle in Verbindung stand, rief Nachtweih laufend Anweisungen zu, die er mehr als einmal mit einem »Kann ich nicht finden« oder »Der soll endlich mit seinem Fachchinesisch aufhören, soll er« quittierte. Nach längerem Herumprobieren und -justieren kam endlich eine Verbindung zustande, die allerdings empfindlich auf Erfolgsmeldungen reagierte. Kaum hatte der HK durchgegeben, daß sie die Dame jetzt auf dem Schirm hätten, klar und deutlich und geradezu zum Anbeißen, hatte sie sich auch schon wieder in einem unzeitigen Schneegestöber verloren, wenngleich dafür das Rauschen verschwand und ihre Stimme mich jetzt so naturgetreu erreichte, als beuge sie sich über meine Pritsche und flüsterte mir ins Ohr.

»...BIQUA. Hallo MOBIQUA. Bitte melden. Bitte melden, MOBIQUA. Hier spricht das Außenstudio. Bitte antworten Sie. Hallo MOBIQUA.«

Ein ungehaltenes, kaum unterdrücktes Prusten.

»Sag der Technik, die kriegen immer noch nichts mit da drin.«

»Mach weiter, Celeste.«

»Wozu denn? Seht ihr erst mal zu, daß eure Leitung steht.«

»Keine Diskussionen. Nicht schon wieder.«

»Wenn ich gewußt hätte, auf was für eine Schinderei ich mich bei dieser...«

»Ja, ja, ja! Die Durchsage.«

»Aber gegen ein bißchen Abwechslung ist ja wohl nichts einzuwenden.«

»Wenn du nur weiterredest, Mädchen.«

»Achtung, Achtung. Ich rufe die letzten MOBIQUANER. Hört ihr mich? Achtung, Achtung. ... Hier spricht Schneewittchen. Wie wär's mit einem neuen Zwergenaufstand? Tut bloß nicht so schüchtern. Ich bin ganz wild auf euch.«

»Soll das jetzt die Generalprobe werden?«

»Wie gestern nacht, ihr wißt schon. Da habt ihr euch doch auch geregt, gereckt und gestreckt nach Strich und Faden...«

»Dreh bloß nicht zu früh auf. Hoppla, schon klar.«

»...hinter dem Panzerglas. Und jetzt übertragen wir's live. Also, in alter Frische. Auf geht's, Jungs. Schluß mit der Herumhängerei. Ich rufe das Standrecht aus. Was tut ein V-1 mit seiner V-2? Na?«

»Unerhört. Eine bodenlose Frechheit ist das.« Der HK fischte geräuschvoll nach dem Telefonhörer, der ihm entglitten war.

»Was wohl? Denkt an gestern. Oder habt ihr inzwischen auch aufgeweichte Zigarillos in der Hose wie ein gewisser ...«

»Sofort ausschalten! Ich verlange, daß diese ... diese ...«

»Schnepfe«, half ihm jemand lachend aus.

»... daß man dieser Schnepfe auf der Stelle ihren ungewaschenen Schnabel stopft und sie aus dem Studio befördert, und zwar achtkantig.«

»Korrigieren Sie mich, aber soweit ich sehen konnte, handelte es sich bei Ihnen durchaus um eine runde Sache«, sagte die Schnepfe, »und was den Schnabel ...«

»Noch ein Wort, und Sie sollen mich kennenlernen.«

»Den V-1 oder die V-2?«

Ein Gurgeln, das peitschende Schnappen der abgerissenen Telefonschnur, dann ein Losstürmen, Festhalten, Ringen, Knuffen, Stoßen, Stöhnen.

Als ich mich ins Stationsinnere zurückdrehte, sah ich, daß mehrere Bereitschaftspolizisten vollauf damit beschäftigt waren, ihren wutschnaubenden Vorgesetzten zu bändigen. Der Kampf wogte einige Zeit unentschieden hin und her, bis die Überzahl der Jungen den Sieg über die Einsatzerfahrung und Verschlagenheit des Alters davontrug.

Derweil thronte Celeste wie eine Göttin über dem Tumult, den sie selbst angestiftet hatte.

Als erschöpfte Ruhe eingekehrt war, legte sie den Kopf zur Seite, so daß ihr das zurückgestrichene Haar über die Schulter zurückzufluten begann und das Licht der Studiolampen darauf tanzte. Sie war, da hatte meine Erinnerung eher untertrieben, nicht bloß von atemberaubender, sie war von nachgerade hypnotischer Schönheit. Alle Augen hingen an ihrem Gesicht, und selbst der beleidigte HK ruckte unaufhaltsam herum, als stünde er auf einer von Wackelkontakten heimgesuchten Töpferscheibe.

»Ich meinte zwar einen anderen Zwergenaufstand«, lächelte sie, und auch die Mundwinkel der Angesprochenen verstiegen sich in ungeahnte Höhen, »aber unterhaltsam war es auch so. Und das ist überhaupt das Wichtigste, daß wir uns hier auf angenehme Weise gegenseitig die Zeit vertreiben, findet ihr nicht?«

Allseitige Zustimmung. Das Haar ergoß sich unterdessen auch über die andere Schulter, und die Zungenspitze stromerte keck zwischen den Lippen herum.

»Und deshalb habe ich mir eine kleine Überraschung ausgedacht für alle Heinzelmännchen in der Röhre. Das Spielchen beginnt oben am Hals. Hier, seht ihr?«

Die schmalen Finger der rechten Hand fuhren langsam über den Oberkörper in Richtung Kehle, wo die in allen Regenbogenfarben schimmernden Nägel vielleicht einen Zentimeter neben dem obersten Blusenknopf zur Ruhe kamen und sich zu einer Pfeilspitze zusammenschlossen.

»Und jetzt dasselbe mit links.«

Gebannt folgte das Publikum der Anreisestrecke der anderen Hand, wobei dem einen oder anderen Zuschauer unwillkürlich auch die eigenen Finger zu zucken begannen. Dann lag der Knopf genau in der Mitte zwischen den Pfeilen.

»Drei, zwei, eins. – Habt ihr's gesehen?«

Nach einer verdutzten Stille aufbrausendes Klatschen und Pfeifen. Der Knopf war offen, obwohl sich Celestes Hände nicht von der Stelle bewegt und die Fingerspitzen ihn nicht berührt hatten.

»Nein? Dann guckt jetzt mal genauer hin, denn wir wiederholen die Sache gleich ein Stockwerk tiefer, oder habt ihr keine Lust mehr?«

Lautstarke Proteste, in die auch der HK einstimmte, der seinen Groll schon vergessen zu haben schien.

»Konnte ich mir bei ganzen Kerlen, wie ihr es seid, auch nicht vorstellen. Zur Belohnung dürft ihr vorzählen.«

Die Finger wanderten zum nächsten Knopf und richteten sich aus. Dann nickte sie leicht.

»Bei fünf fangt ihr an. Und genau hinsehen. Sonst müßte ich mich vor euch am Ende noch ganz entblättern, und das läßt euer Anstand doch wohl nicht zu.«

»Warum nicht?« tönte es, und: »Wenn sie sich bloß anständig auszieht.« »Eben!«

»Kommt drauf an, wie ihr euch anstellt. Also von fünf. Achtung, fertig, los.«

Alles zählte. Wieder schlüpfte der Knopf ganz von selbst durch das Loch. Die Bluse öffnete sich ein Stück weiter und gewährte erste Einblicke in das von Spitzen umsäumte Dekolleté, dessen Rundungen neue Begeisterungsstürme auslösten. Natürlich vermochte wieder niemand zu erklären, wie es funktionierte. Dafür aber war man sich einig, daß nur eine Fortsetzung des Anschauungsunterrichts das Rätsel einer Lösung näherbringen konnte.

Nach dem vierten Knopf hatte Celeste sie ohne Ausnahme becirct. Und als sie lächelnd erklärte, sie werde auf ihre Bluse nur dann verzichten, wenn sie sich auch die entsprechende Blöße gäben, war dieser Satz kaum über ihre Lippen gekommen, als sich die ersten schon wechselseitig ihre Jacken über die Köpfe zerrten.

Bald standen alle mit nacktem Oberkörper vor dem Monitor und vor der Aphrodite im durchscheinenden BH, der allein noch die Brustspitzen seiner Trägerin hinter Fächern kunstvoll eingearbeiteten Seidenlaubs verbarg.

Auch die Körbchen wurden in der Mitte von einem Perlmuttknopf gehalten, der sich in wenigen Augenblicken auf dieselbe zauberhafte Weise auftun mußte wie alle seine Vorgänger. Nur verlangte Celeste zum zweiten Mal eine Gegenleistung von ihrer verzückten Gemeinde.

»Was gebt ihr mir für die nackten Tatsachen, MOBIQUANER?«

»Wir sind schon oben ohne.«

Wieder stieg schallendes Gelächter aus dem Wald von roten Ohren.

»Ihr seid immer oben ohne, ihr Ärmsten, und deshalb will ich euch erquicken, wenn ...«

»Oben sind wir ohne, aber ...«

»Aber was, kleiner Lustmolch?«

»Unten nicht!«

»Kann ich ihm das glauben, Jungs? Seid ihr alle – unten nicht ohne?«

Einstimmig: »Nei-ein.«

»Und ihr seid auch keine Kostverächter?«

»Nei-ein.«

»Ran an die Brust wollt ihr, stimmt's?«

»Ja!« »Und ob!« »Aufknöpfen, das Ding!«

»Spitz seid ihr, richtig spitz auf meine Spitzen.«

»Ja, ja!«

»Und wollt ihr, daß ich auch spitz werde?«

»Ja.«

»Daß wir alle unser Vergnügen haben?«

»Ja, los!«

»Alle zusammen in einem kleinen geilen Durcheinander?«

»Ja, ja, ja.«

»Vor der Kamera, damit ihr mich seht und ich euch, wie wir uns anstacheln und anspornen, es mit vereinten Kräften auf die Spitze treiben.«

»Schnell, schnell, ich halt's nicht mehr aus.«

»Ja, schnell, ganz schnell jetzt. Wie wir uns aufknöpfen, oben, unten ...« Ihr BH platzte ab, »und überall sonst. Wie wir greifen, tasten, finden ...« Die Fingerspitzen wiesen jetzt auf die Brustwarzen, begannen sie zu umkreisen, einzukreisen, »uns finden, uns vergreifen, am Leben, an der Lust zu leben, an der Lust ...«

Die Göttin massierte sich freudestrahlend, und auch ihre stöhnenden Jünger kneteten fleißig an sich herum.

»Steinchen ist tot«, sagte ich laut und vernehmlich, »und es war vereinbart, daß keine weiteren Experimente mehr stattfinden.«

Und dann gleich noch einmal dasselbe wie vom Band.

»Steinchen ist tot, und es war vereinbart, daß keine weiteren Experimente mehr stattfinden.«

XXIV.

»Erstens war das kein Experiment, sondern ein Test«, säuselte Celeste und gab erst der einen, dann der anderen Brust einen wohlwollenden Klaps, wie sie ihn bestimmt auch an kleine Kinder verteilte, wenn sie eine Aufgabe zu ihrer Zufriedenheit erfüllt hatten.

»Und zweitens beweist der«, ergänzte Dr. Mause, während er sich die Jacke überstreifte, »daß es mit Ihrer Libido nicht zum besten bestellt ist, selbst wenn alle anatomischen Voraussetzungen gegeben zu sein scheinen. Man könnte im Gegenteil fast auf den Gedanken kommen, Sie hätten gar kein Geschlecht, Herr Patzer.«

»Könnte man glatt – als normaler Mensch«, echote Nachtweih, der sich seine Jacke in merkwürdig gezwungener Haltung wie einen Lendenschurz vor den Leib hielt. Trotzdem fand diese Pose sofort Anklang, und als sich die Bereitschaftspolizisten einer nach dem anderen zu mir umgewandt hatten, sah ich mich einer Horde junger Männer gegenüber, die wie eine Kreuzung zwischen Wilden und Oberkellnern wirkten, denen statt der fehlenden Serviette das nächstbeste Kleidungsstück vom Unterarm baumelte.

Auch die Stimmung schwankte zwischen dem antrainiert Unaufdringlichen dieser Berufsgruppe und einer unzivilisierten Feindseligkeit, die allerdings zuerst Kniffke zu spüren bekam, dem die Programmunterbrechung augenscheinlich entgangen war. Obwohl er sich in aller Unschuld weiterhin den libidinösen Energien überließ, die Mause bei mir vermißte, handelte er sich damit ein solches Donnerwetter des lendengeschürzten HK ein, daß die noch immer barbusige Celeste ihm vom Monitor herab einen schmatzenden Kuß zuwarf und wissen ließ, daß es trotz des Spielverderbers Patzer ja noch nicht aller Tage Abend sei.

Nach dieser Ankündigung glaubte ich eine allgemeine Entkrampfung zu spüren, die aber sofort wieder in gereizte Enttäuschung umschlug, als sich die Venus mit einem »Auf bald dann, Sportsfreunde. Und danke fürs Mitmachen« vom Bildschirm verabschiedete. In der Truppe gärte und brodelte es jetzt ganz unverhohlen, und während eine Jakke nach der anderen in die Luft stieg und über Arme und Kopf auf ihren angestammten Platz zurückrutschte, machten mir die Mienen und Blicke unmißverständlich klar, daß die Anwesenden dabei eine andere Energiequelle anzapften als die des Eros.

»§ 174a. Wer unter Mißbrauch seiner Stellung sexuelle Handlungen an behördlich Verwahrten vornimmt oder vornehmen läßt...« zitierte mein vormaliger Fahrer, unterbrach sich dann und sagte in einem ganz anderen, entschlossenen Tonfall: »Ich will hier raus. Ich will auf der Stelle hier raus.«

»Wer will das nicht?«

»Und was, zum Teufel, hindert uns dann daran, einfach auszusteigen?«

»Die Station zum Beispiel«, hörte ich den Grünfink auf der Liege unter mir einwenden.

»Wieso das denn?«

»Weil sie ausbruchssicher ist, deshalb.«

»Das möchten wir aber gern mal ausprobieren.«

»Hat euch der Anschauungsunterricht eben noch nicht gereicht?«

»Wegen der Ausgebeulten da schlägt hier keiner mehr Wurzeln«, sagte einer der Gräber unter beifälligem Gemurmel.

»Meine ich auch nicht. Ich rede von der Sache vor der Fernseheinlage.«

»Das Filterversagen?«

»Von wegen Filterversagen! Das war die Ausbruchssicherung in Aktion.«

»Wie bitte?« Der HK schüttelte ungehalten den Kopf.

»Zwischen Innen- und Außenwandung befindet sich eine gelatineartige Substanz, die bei der Berührung mit Luft ein Nervengas abgibt...«

»... das einen Dorfpolizisten in einen Märchenerzähler verwandelt.«

»... das zu schweren körperlichen Lähmungserscheinungen und Angstzuständen und bei überhöhter Dosierung, geschwächter Konstitution oder vorgängigen Verletzungen auch zum...«

Die Stimme versagte ihm.

»Steinchen«, erinnerte sich jemand kaum hörbar.

»Ja, Steinchen.«

»Also hat schon jemand versucht...«

Der Fahrer sah sich forschend, aber ergebnislos um.

»Oder beim Zusammenbau ist irgendwo ein kleines Leck entstanden, oder...« Wieder brachte der Grünfink den Satz nicht zu Ende.

»Oder sie haben es mit Absicht reingeblasen, um zu sehen, ob es auch funktioniert«, schoß es mir durch den Kopf und über die Stimmbänder.

»Hinter dem Mond springt man vielleicht so miteinander um«, wies mich Nachtweih zurecht, »aber auf diesem Planeten gelten immer noch die Menschenrechte.«

»Hochinteressant. Darf ich das gleich nach oben weitermelden?«

»Warum fragen wir nicht unseren Medizinmann hier?« mischte sich einer der Polizisten ein. »Woher hatte der denn so pünktlich die Atemmaske, und wieso fand die Blutentnahme wie bestellt genau dann statt, als die Giftkonzentration am höchsten war, bitte sehr?«

»Eben.« »Möchte ich auch gern wissen.« »Heh, Björn, woher kamen die Masken?«

Mauses Assistent hob abwehrend die Hände.

»Keine Ahnung, wirklich nicht. Er hat sie mir zusammen mit dem Koffer gegeben, kurz bevor es losging, und mir erklärt, was ich zu tun habe. Das ist alles, was ich euch sagen kann.«

Jeder starrte jetzt auf den Arzt.

»Also, Doktor?«

»Es gibt die Menschenrechte, es gibt die Forschung für den katastrophenmedizinischen Fortschritt, die im Notfall uns allen zugute kommt, und es gibt die ärztliche Schweigepflicht.«

»Und es gibt Leute, die sich immerzu fremde Köpfe zerbrechen müssen«, erklärte der HK, der ruckartig seine alte Bestimmtheit und Selbstsicherheit wiedergefunden hatte. »Die glotzen Löcher in die Luft und stehen sich die Beine in den Bauch, wenn man sie nicht in Trab hält. Also... in Marschrichtung – angetreten!«

Auf die konditionierten Reflexe war nach wie vor Verlaß. Schon standen sie so exakt hintereinander, als ginge der Spieß der sieben Schwaben allen durchs Brustbein.

»Auf der Stelle – marsch!«

Die Beinpaare schritten aus, die dünnen Leinenschuhe, die wir alle an unseren strumpflosen Füßen trugen, pendelten im Gleichtakt durch die Luft, aber die Truppe kam nicht vom Fleck. Nur der HK erreichte die Konsole neben der Tür, drückte mehrere Knöpfe gleichzeitig und öffnete damit auf der ganzen Station die Schotten.

»Und jetzt im Laufschritt – mir nach!«

Da joggten sie hin zwecks Abbau des Hormonstaus, sich selbst hart auf den Fersen im endlosen Kreisverkehr. Mause verlor sich mit zusammengepreßten Lippen in Gegenrichtung, Nachtweih hob den abgerissenen Hörer auf, legte ihn zurück auf die Gabel und telefonierte dann vom Kühlraum aus mit dem Außenstudio.

Ich hatte mich vorsichtig und voller Rücksichtnahme gegen mein lädiertes und geschientes Knie auf den Bauch gedreht, schob den Kopf über den Liegenrand und spähte nach unten. Der Grünfink war längst nicht so weit fort, wie Steinchen gewesen war, aber auch er sah mir nicht in die Augen, sondern durch sie hindurch direkt in den Hinterkopf.

»Sie machen sich immer noch Vorwürfe, nicht wahr?«

»Ich hatte es schon in der Nase, als ich ihm mit dem Teller eins übergezogen habe. Ich bin schuld. Dabei ... dabei habe ich ihn immer gemocht, den alten Schluckspecht, wissen Sie, mit seinem Abscheu vor Wochenenden und dieser Tollwut in wolkenlosen Nächten, in denen sie mich jedesmal hinter dem Fernrohr weggeholt haben.«

Ja, ja, die Spechte und die Finken. Aber das sagte ich nicht so.

»Beruhte auf Gegenseitigkeit, hatte ich den Eindruck.«

Er versuchte zu lächeln, aber es mißlang kläglich.

»Wer will das jetzt noch herausfinden? Fragen kann man ihn ja wohl nicht mehr. Und um Entschuldigung bitten auch nicht.«

»Sein Gesicht war ganz ruhig, bevor er ... Nicht wutverzerrt, meine ich, oder so etwas. Sicherlich hat er Ihnen nichts nachgetragen. Es hätte ihn auch genausogut hinter der Friteuse ...«

»Da stand er doch schon lange nicht mehr. War viel zu sehr damit beschäftigt, in seinem Pommes-Imperium die Hypotheken hin- und herzuschieben, umzuschulden und sich die Hucke vollzuhauen, wenn er den Konkurs wieder ein paar Wochen hinausgeschoben hatte.«

»Dann eben vor der Theke. Genausogut hätte es da passieren können.«

Aber der Grünfink hörte kaum noch hin. Er steckte schon mitten in der Nachrede auf seinen Freund, den Delinquenten, den er jedes Wochenende in Gewahrsam genommen und dabei, ohne es zu bemerken, nicht nur in die Zelle, sondern auch ins Herz geschlossen hatte.

»Und ob Sie es glauben oder nicht, irgendwie ging es immer weiter bei ihm. Montags kam der Gerichtsvollzieher ins Büro, Dienstag räumten die Gläubiger das Vorratslager leer, aber pünktlich am Donnerstag war der Monatslohn für die Mitarbeiter auf dem Konto, und Freitag abends stellte er seinen funkelnagelneuen Wagen direkt vor der Kneipe ins Halteverbot, hielt den ganzen Laden frei und zertrümmerte zwischen den Runden das Inventar, als ob er Krösus wäre. Es war verrückt und für ihn so eine Art Sport. Aber er redete nicht darüber. Nur einmal, als ihm die anderen den Schnaps und den Verdünner einfüllen mußten, weil er angeblich Ziegenpeter hatte, und zwar bis in die Fingerspitzen, kam er auf der Wache ins Erzählen. ›Du mußt das sehen wie eine Skatpartie‹, hat er mir erklärt, ›erst spielst du dich hoffnungslos in die Miesen, vergeigst mit Absicht ein Spiel nach dem anderen, und wenn die Sache aussichtslos geworden ist, dann – dann erst strengst du dich an, mit jeder Faser, begreifst du?‹ Ich kapier's bis heute nicht. Aber so sah es wohl aus bei ihm. Je größer das Handicap, je überlegener der Gegner, je aberwitziger die Position der Billardkugeln ...«

»Was? Was sagen Sie da?«

»Daß es in meinen Kopf nicht hineingeht, wie man sich selbst ständig ein Bein stellen kann, nur um ...«

»Nein, nein, das mit der Position der ...«

»... der Billardkugeln? Wieso denn? Was ist damit? Haben Sie noch nie zugesehen, wenn ein Könner das Unmögliche möglich macht?«

»Ja, sicher doch. Ich will ja nur wissen, wer von den Kugeln geredet hat.«

»Ich, wer redet denn sonst noch hier?«

»Aber Sie erzählen doch gerade, was Steinchen Ihnen an diesem Abend anvertraute, oder?«

»Richtig. Und?«

»Hat Steinchen das gesagt mit den Billardkugeln, oder ist Ihnen dieses Beispiel eingefallen? Zur Veranschaulichung sozusagen?«

»Ist das wichtig? Und wenn ja, warum?«

»Nein, nein. Nur eine Klarstellung, wer was gesagt hat. Nichts weiter.«

»Sie sind auch so ein komischer Kauz. Wenigstens manchmal.«

»In der Spielzeugbranche wimmelt's von schrägen Vögeln. Oft denke ich, jeder wird einer, ob er will oder nicht.«

»Also schön. Wenn's Ihnen was bringt. Lassen Sie mich überlegen. Das mit dem Kartenspielen stammt von ihm, da bin ich absolut sicher. Aber alles andere? Wahrscheinlich hab ich's dazuerfunden. Ja, höchstwahrscheinlich. Ich glaube sogar, er mochte die Kugeln nicht besonders. Als an der Theke mal einer spaßeshalber wissen wollte, ob er nachts in der Ausnüchterungszelle Taschenbillard spielt, ist er jedenfalls hochgegangen wie selten. Aber was heißt das schon? Wird sich wohl nicht mehr klären lassen, und ein Protokoll habe ich nicht angefertigt, wenn Sie darauf hinauswollen. Es gab nie auch nur eine Aktennotiz. Wir behandeln so etwas in Bergisch Hall als – als innere Angelegenheit, sagen wir mal, die die Staatsanwaltschaft nichts angeht. Steinchen hatte keine Vorstrafen, und wenn er ein polizeiliches Führungszeugnis beantragt hätte, wäre es makellos gewesen.«

»Das finde ich aber anständig.«

»Wenigstens das habe ich für ihn tun können. Wenigstens das.«

»Hallo, Grufti«, krähte eine Kinderstimme.

»Grüezi, Marsmensch – kuckuck, Spock – hi, Knickebein von Andersheim«, juchzten die nächsten, als sie, endlich vom Stillsitzenmüssen erlöst und dem Polizistentrupp hinterdreinhüpfend und -tanzend, unsere Kabine passierten.

»Hi, ihr Großmaulwichtel«, rief ich ihnen, angesteckt von soviel Munterkeit, viel zu spät hinterher.

»Aus welchen Höhlen kommen die denn?«

»Gegenüberliegender Halbkreis«, sagte der Grünfink, »Abschnitte C und D. Die Station ist voll belegt.«

»Mit Ausnahme der Kühlkammer«, rutschte es mir heraus. Ich hätte mich dafür ohrfeigen können.

XXV.

Schneller als erwartet bekam ich Gelegenheit, die andere Stationshälfte kennenzulernen, denn der von seinem Telefonat zurückgekehrte Nachtweih erklärte uns barsch, von 17 bis 19 Uhr sei hier Sprechstunde und so lange hätten wir das Studio freizumachen. In C-2 gebe es Notsitze.

Auf die Bitte, vorher eine Verbindung zu meiner Firma herzustellen, wo mir inzwischen die Samstagsmatinee mit zwei Informanten von der Konkurrenz und die anschließende klammheimliche Hauskonferenz geplatzt war, ließ er sich nicht ein.

»Erstens sind nur Gespräche zwischen Internierten und ihren nächsten Angehörigen möglich, soweit sie sich auf die Außenstudio-Liste haben setzen lassen. Und bei Ihnen liegt keine Anmeldung vor. Und zweitens haben Sie ohnehin Kontaktsperre.«

»Gut zu wissen.«

»Und ich? Wir hatten vor, am Wochenende die Kellerdecke einzuziehen. Meine Frau wird sich fragen ...«

»Wenn sie ein Gespräch beantragt hat, rufe ich Sie auf, sobald Sie an der Reihe sind. Aber wozu erkläre ich Ihnen das? Sie wissen ja bis in die Zwischenwände Bescheid und sind überhaupt der einzige Durchblicker hier, Herr Wachtmeister.«

Der kollegiale Rüffel war dem Grünfink nicht entgangen. Mit einem überkorrekten »Verbindlichen Dank, Herr Kommissar« drehte er sich um, stellte meine Krücken bereit und half mir von meiner Aussichtsplattform herunter.

Kaum unterwegs, mußten wir uns auch schon wieder an die Seite drücken, weil der HK mit seinem Troß von Schneewittchenanbetern und sieben oder acht schulpflichtigen Zwergen vorbeihastete.

»Eins verstehe ich nicht«, sagte ich, als der Weg wieder frei war und wir weiter ins Unbekannte vorstießen, »warum sie mit dieser Methode arbeiten, wenn dadurch nicht nur derjenige in Mitleidenschaft gezogen wird, der zu türmen versucht, sondern alle durch die Bank.«

»Nicht alle. Immer nur eine Hälfte, weil die Station zwei getrennte Ventilationssysteme hat.«

»Also haben die lieben Kleinen ...«

»Nichts mitbekommen von der Geschichte, ganz richtig. Und die Erwachsenen im anderen Teil genausowenig.«

»Aber trotzdem. Auch wenn nur eine Hälfte unterschiedslos diesem Zeug ausgesetzt ist, leuchtet mir ...«

»Meine Güte, Patzer. Ist das so schwer zu begreifen? Es erwischt die Leute wahllos, damit sie aufeinander aufpassen und verhindern, daß auch nur einer Dummheiten macht.«

»Sie meinen, wir sollen uns gegenseitig bespitzeln, solange die Luft rein ist?«

»... damit die Luft rein bleibt.«

»Aber dazu müßte man doch erst einmal informiert werden.«

Der Grünfink war stehengeblieben und tippte ungeduldig auf eines der Schilder mit den Notfallregeln.

Ich las die rot ausgedruckte letzte Anweisung:

9. Das zur Wärmeisolierung der Station verwendete Material ist feuergefährlich und setzt Reizstoffe frei. Beschädigungen der Wandung sind deshalb unter allen Umständen zu vermeiden.
   Von Zuwiderhandlungen ist der Leitstelle unverzüglich Mitteilung zu machen.

»Teuflisch«, sagte ich.

Der Grünfink zog die Augenbrauen hoch und schüttelte wie tadelnd den Kopf. »Ach was, High-Tech Katastrophenmanagement.«

Wir waren inzwischen in Höhe der Kombüse angekommen, in der wir Zuflucht suchten, als die Vibrationen wieder zunahmen und der HK aus der Raumkrümmung auftauchte. Allerdings wurde es eng, denn die Kochnische war nicht nur apparativ bis auf den letzten Quadratzentimeter ausgenutzt, sondern beherbergte neben uns auch noch die beiden Waldarbeiter, die man nach dem Ausfall Steinchens mit dem Amt des Stationskochs betraut hatte, obwohl sie, wie sich herausstellte, alles andere als glücklich darüber waren.

»Wenn ich auf ›Kaffee‹ drücke, kommt ein zähflüssiges Zeug heraus, das aussieht wie Getriebeöl«, beschwerte sich Arthur, kaum daß er uns sah. »Und bei ›Schokolade‹ passiert das«, setzte sein rundlicher Kollege hinzu und betätigte den entsprechenden Knopf. Es gurgelte bedrohlich wie überdosierter Abflußreiniger, dann zischte heißer Wasserdampf aus dem Abfüllröhrchen und trieb uns hinaus in den Gang, der sich zum Glück ein paar Sekunden zuvor wieder geleert hatte.

»Da siehst du's.«

Der Grünfink nickte.

»Lug und Trug«, holte Arthur aus, »vollautomatisch, wenn ich das schon höre. Vollautomatisch die Finger verbrennen, das kann man sich hier. Und wenn wir die Mikrowelle einschalten für das warme Abendessen, fliegt uns der ganze Backofen um die Ohren, wetten?«

»Oder es fällt ein scharfer Frost«, sagte der Dicke, der sondiert hatte im Wald, hielt sich die Hand über den Kopf, machte eine Bewegung, als wolle er einen überdimensionalen Drehverschluß öffnen, und zeigte die Zähne. Die beiden anderen grienten mit; nur ich war wieder einmal nicht im Bilde.

»Sieben kommen um die ganze Welt«, half der Grünfink nach, »da gibt es den mit dem Hut, erinnern Sie sich?«

»Dunkel.«

»Jedenfalls, immer wenn der seine Kopfbedeckung herumdrehte, ...«

»... fiel ein scharfer Frost«, wiederholte der Dicke.

»Und dagegen muß man von innen anheizen«, folgerte Arthur und vollführte die Drehbewegung jetzt in Brusthöhe, so als hätte er tatsächlich eine Flasche in der Hand.

»Ein geflügeltes Wort bei uns, das mit dem Frost, müssen Sie wissen. Und jeder kennt die Geste, seit ... seit Steinchen anfing, die Kneipen unsicher zu machen.«

»Der hatte schon in der Tür die Mütze nach hinten und immer eine Gänsehaut, sogar im Hochsommer«, sprudelte es aus dem Sondierer heraus, der bei unserer ersten Begegnung die Einsilbigkeit selbst gewesen war. »Und hier hat er auch was gegen das Frösteln getan.«

Ich hörte aus dem letzten Satz eine Anspielung auf seinen jetzigen kälteunempfindlichen Zustand heraus und hielt ihn deshalb für nicht sonderlich pietätvoll. Allerdings war das voreilig, wie ich mir wenig später eingestehen mußte.

»So roch er auch«, sagte der Grünfink und begann schon wieder geräuschvoll die Luft einzuziehen.

»Schon gut, schon gut.« Arthur hob abwehrend die Hände. »Wir geben's ja zu. Wir sind auf seinen eisgekühlten Nachlaß gestoßen.«

»Und ein Schlückchen zu seinem Andenken haben wir auch schon genommen«, strahlte der Dicke, dessen gelöste Zunge mir zusehends erklärlicher wurde. »Er hätte es nicht anders gewollt, soviel ist sicher.«

Jetzt war der Knopf mit der Unterschrift ›Tafelwasser‹ an der Reihe, den Arthur mit verschwörerischer Gebärde solange hereindrückte, bis der in die Abfüllkammer gerutschte Pappbecher mit einer glasklaren Flüssigkeit vollgelaufen war. Er zog den Becher heraus und reichte ihn dem Grünfink.

»Na, was ist das wohl?«

Der Grünfink schnüffelte erneut, nahm dann vorsichtig einen Schluck und sah sehr verdutzt aus, während wir schon in die Kombüse zurückfluteten. Als der Transit draußen vorüber war, taten wir mit derselben gedankenlosen Selbstverständlichkeit den umgekehrten Schritt aus der Enge hinaus in den Gang. Es lag etwas Beruhigendes in diesem Rhythmus, in dem wir langsam pulsierten wie das Meer in seinem Gezeitenwechsel.

»Tafelwasser ist das«, sagte der Grünfink, »ganz gewöhnliches Tafelwasser.«

»Und das hat uns sofort stutzig gemacht«, meldete sich der Dicke erneut zu Wort, »nichts funktioniert, wie es soll, nur beim Wasser ist plötzlich alles in Butter.«

»Komisch«, bestätigte ich.

»Fanden wir auch. Und dann kamen wir drauf.«

»Kannst du dich vielleicht etwas verständlicher ausdrükken?« maulte der Grünfink über seinem sprudelnden Gesundbrunnen.

»Ist doch ganz logisch, Frank. Steinchen trank immer Wasser nach.«

»Weiß ich auch.«

»Gut. Und was konsumierte er vorher?«

»Kurzen.«

»Also?«

Diesmal hatte mir der Grünfink auch nicht den Schatten einer Ahnung voraus, was ich allerdings nicht lange auskosten konnte. Denn Arthur wiederholte die ortsübliche Umschreibung für Hochprozentiges und tippte fast gleichzeitig kurz auf den Auslöser. Das nächste Behältnis füllte sich zur Hälfte mit einer glasklaren Flüssigkeit und wurde dann, wie gehabt, zum Probieren an den Grünfink weitergereicht.

»Das gibt's nicht«, sagte er, als er getrunken hatte, und stärkte sich mit einem zweiten herzhaften Schluck.

»Völlig unmöglich. Das ist...«

»High-Tech Katastrophenmanagement«, zahlte ich ihm heim.

Jetzt bekam jeder seine Portion und dann noch eine, und wir tranken auf Steinchen, der Wasser in Wacholder verwandeln konnte und uns auf so tragische Weise entrissen worden war.

Wenn man die drei reden hörte, hätte man meinen können, er sei ganz ohne Fehl und Tadel gewesen, nicht nur eine Seele von Mensch, sondern geradezu ein Dorfheiliger, dem niemals auch nur ein Glas an der Wand zersplittert, kein Stuhl auf der Zapfanlage aus dem Leim gegangen war. Der Dicke war im Handumdrehen bei der dritten Füllung und der Hochzeit zu Kanaan, und die Sache wäre bestimmt nicht anders ausgegangen als der Umtrunk am Abend zuvor, als der Alkohol bergauf floß, hätten die Stationsroutinen uns nicht gerade noch rechtzeitig mit Beschlag belegt.

Eben nämlich rief Nachtweih über Lautsprecher die ersten Namen auf, und unter denjenigen, die sich umgehend im Studio einfinden sollten, war auch der Grünfink. Er verabschiedete sich noch umständlich von den beiden Waldarbeitern, nicht ohne die Mahnung einzuflechten, daß von Steinchens Depot nichts nach außen dringen, kein Sterbenswörtchen die Runde machen dürfe, da schnarrte in der Kombüse auch schon das Telefon, und die V-3 Zeltküche kündigte die Auslieferung des Abendessens an.

Arthurs Stunde war gekommen. Er streckte sich, schob die Brust heraus und klärte seinen Gesprächspartner über die verheerenden Folgen der Automatisierung im allgemeinen sowie der Inbetriebnahme des Mikrowellenherdes im besonderen auf. Außerdem leide die Station keineswegs Hunger, was mein leerer Magen nicht so recht nachfühlen konnte, sondern Durst. Kakao und Fruchtsäfte für die Schulklasse müßten her, Kaffee und Tee für die Erwachsenen. Und wie es denn mit ein paar Fläschchen Bier stehe? »Das Fernsehprogramm ist hier drinnen auch nicht besser als draußen und macht dieselbe trockene Kehle«, hörte ich ihn noch nachsetzen, dann kappten die Dichtungen zwischen den Türhälften die akustische Verbindung.

Federleicht, fast schwerelos schwebte ich an meinen Krücken den Gang entlang, immer dem schwarzen Punkt zwischen den Schulterblättern des Grünfinks nach, der es jetzt plötzlich sehr eilig hatte. Wir durchquerten eine Viererkabine, in der sich kein Mensch aufhielt, obwohl die Pritschen belegt gewesen waren, eine WC-Nische ohne Duschen, dann kam die Kinderabteilung. Hier traf ich die beiden Lehrer wieder, die mich beim Radwechsel kaum weniger neugierig beäugt hatten als ihre Schüler und die jetzt, von mehreren Schützlingen umringt, ein heulendes und schluchzendes Mädchen zu trösten suchten.

»Könnte vielleicht jemand von Ihnen für einen Augenblick ...« setzte der Grünfink an, handelte sich aber sofort eine Abfuhr ein.

»Sie sehen doch, daß wir beschäftigt sind.«

»Hören Sie mal, was ...«

»Wenn der jetzt auch noch hysterisch wird, flippe ich aus«, drohte der zweite Erzieher.

Ich schlug vor, daß wir die Sache wie erwachsene Menschen angehen, was mir von Nachwuchsseite ein paar neugierige, von höherer Warte aus aber nur verächtliche Blicke einbrachte. Immerhin konnte der Grünfink jetzt sein Anliegen vortragen, wenn sich an der ablehnenden Haltung der beiden auch nichts änderte.

»Ich bin Pädagoge und kein Gefängnisaufseher. Wenn Sie jemanden brauchen, der den Umsiedler da ...«

»Patzer«, fiel ich ihm ins Wort, »Malte-Laurenz Patzer aus Ost ...«

»Ja doch!«

»... westfalen.«

»Meinetwegen auch Ost-Timor oder der Kleinen Magellanschen Wolke. Wenn Sie einen Bewacher suchen, dann begeben Sie sich gefälligst in die Amüsierzelle nebenan. Da sitzt nämlich sowieso schon einer aus Ihrer Branche und schießt auf alles, was sich bewegt.«

»Warum haben Sie das nicht gleich gesagt«, beschwerte sich der Grünfink und drückte auf den Türöffner.

Das Mädchen auf der Liege nutzte die allgemeine Ablenkung und steckte einer Klassenkameradin blitzschnell die Zunge heraus. Sie sah aus wie ein Stück Holzkohle, dessen Spitze im Luftzug der Umwälzanlage feuerrot aufglühte.

XXVI.

In der Türöffnung erschien der schuppenübersäte Hinterkopf des dritten Mitglieds der Mordkommission, vor dem sich eben die Gräber auftaten. Während die lakenbehängten Gerippe mal aus dem Erdboden aufschossen, mal aus detonierenden Mausoleen ans Licht traten und auf ihr zartes Opfer zuruckten, ertönte eine Stimme aus dem Jenseits und wandte sich herrisch an den Augenzeugen: »I command you, rise from your grave and save my daughter.«

Der Kommissar ließ sich das nicht zweimal sagen, sondern hämmerte augenblicklich auf das Kontrollpult ein, woraufhin ein muskulöser Jüngling materialisierte, Kampfhaltung einnahm und die Wiedergänger einen nach dem anderen unter Fußtritten und Karateschlägen verpuffen ließ, wenngleich der Nachschub aus dem Reich der Schatten die Ausfälle sofort wieder wettmachte. In der oberen Bildschirmecke wuchs derweil das Punktekonto in inflationären Schüben, die ihrerseits das Rekrutierungstempo der Geisterarmee zu beschleunigen schienen. Aber noch geschah dem leichtgeschürzten Wesen, vor dem er sich aufgebaut hatte, kein Leid, noch hielt der Verteidiger der Unschuld mit flirrenden Gliedmaßen die Stellung. Und er hätte seine Verdienste zweifellos verdoppelt und verdreifacht, wäre da nicht das Fledermausgeschwader gewesen, das plötzlich hinterrücks angriff. Die Vorhut konnte er noch mit Kopfstößen erledigen, aber dann fielen sie ihn paarweise an, die Wiedergänger nutzten den Augenblick der Unaufmerksamkeit, der sich unweigerlich einstellte, und der Retter sank vernichtet zu Boden, die Zahlen erstarrten, und eine Flammenschrift am Firmament verkündete: Game over.

»Mehr Levitation«, sagte ich, nachdem ich zu ihm gehumpelt war, und mußte wacholdrig aufstoßen.

»Was?«

»Auf dem Display. Sie müssen ihn höherziehen, sobald die Bats aufkreuzen. Zwei Fingerbreit über die base-line. Dann können Sie die Zombies über Beinarbeit abfertigen und die Flattermänner bedienen Sie per Ellbogen und head-kick.«

»Sieh an, der Doktor Allwissend von Alpha Zentauri. Wie geht's, wie steht's?«

Er erhob sich und streckte mir die Hand entgegen, während die Stimme vergeblich nach Auferstehungswilligen fahndete, die sich Befehle erteilen ließen, und die Apparatur, ein Liedchen dudelnd, mit sich selbst zu spielen begann.

»Ich will nicht klagen«, stolperte ich, von soviel Unbefangenheit aus dem Gleichgewicht gebracht, »andere müssen mit zweimal drei Beinen klarkommen.«

»Unfall?«

»Halb so schlimm«, mischte sich der Grünfink ein. »Ich hätte da eine kleine Bitte.«

»Nur heraus damit, Herr Kollege.«

Und mit ihm gab es wirklich keine Schwierigkeiten. Eine Minute später war der Grünfink auf dem Rückweg ins Studio, um mit Hilfe seiner Frau das Einziehen der Kellerdecke vielleicht doch noch zu bewerkstelligen, und ich befand mich weiterhin unter polizeilicher Beobachtung, jedenfalls pro forma.

In Wahrheit observierten der Kommissar und die Vertreter der LOO-DO Zielgruppe D, die die MOBIQUA-Spielothek bevölkerten, alles Mögliche vom simulierten Autorennen über simulierte Spielkarten bis zum simulierten Fußball – nur ich war Luft für sie.

Das heißt, zu Anfang. Denn als sich herausstellte, daß die Tips, mit denen ich nicht hinter dem Berg hielt, etwas taugten, änderte sich das schnell. Kaum hatte ich nämlich dem Zappelphilipp bei »Global Defense« zur Pulverisierung des feindlichen Brückenkopfes auf der Rückseite des Mondes verholfen, zog mich die kecke Stupsnase, die schon im Windschatten der Einsatzstaffel den Ton angegeben hatte, zu ihrer Freundin hinüber. Die war im Begriff, in »Fantasy Zone II« hineinzukriechen, und kam doch gegen ihre Widersacher auf keinen grünen Zweig.

Dabei war der Renner des letzten Jahres, der unserer Videospiel-Abteilung eine lobende Erwähnung im Geschäftsbericht und dem Programmiererteam eine steuerfreie Geldprämie eingebracht hatte, durch eine ganz simple Verzögerungstechnik zu überlisten. Wer sich nicht durch das Labyrinth hetzen ließ und gerade angesichts der verlockendsten Auswege auch einmal toten Mann zu spielen wagte, hatte den Sieg so gut wie in der Tasche.

Ich fragte mich nur, warum im Konzern nie bis zu mir durchgesickert war, daß LOO-DO den MOBIQUA-Prototyp unterhaltungselektronisch ausstattete. Aber erstens waren die Trilobytes, so das hausinterne Kürzel, ohnedies notorische Geheimniskrämer, und zweitens konnten sie sich an drei Fingern abzählen, was passieren würde, wenn herauskam, wie schamlos sie die Situation ausgenutzt hatten. Die anderen Abteilungen waren nämlich weder an der Planung beteiligt noch auch nur mit einem einzigen ihrer Produkte berücksichtigt worden. Keine Puppen, keine Würfelspiele, keine Baukästen, nicht einmal das Alibi-Schach, das sie sonst so gern aufstellten. Dies war das Mekka eines unverbesserlichen Puristen, eine Spielwiese der Megabits, die digitale Endlösung. Und genau das würde ich Kürbelein, der garantiert wieder dahintersteckte, bei der nächstbesten Gelegenheit auf den Kopf zusagen und dann vor versammelter Mannschaft die Bombe hochgehen lassen.

»X minus 5«, sagte einer der Pädagogen durch den Türschlitz und löste damit ein vielstimmiges Protestgeheul aus, das das Krachen, Kichern, Kollern und Tirilieren aus den Lautsprechern mühelos übertönte.

»Hört auf, euch zu beschweren. Morgens und abends eine halbe Stunde war abgemacht. Und wenn das nicht funktioniert, ist eben ganz Sabbat mit dem Stuß.«

»Aber es ist totlangweilig nebenan, und hier läuft der programmierte Wahnsinn.«

»Gegen deine nachgeplapperten Werbesprüche bin ich schon lange immun, Thorger. Also, jeder noch eine Runde, und dann ist Feierabend für heute. Und wer in drei Minuten den Abschaltknopf nicht gefunden hat, der setzt morgen früh genauso aus wie Alikki, Kirsten, Janek und Christopher heute. Ist das klar?«

»Hilfst du uns, Cyborg?« fragte die Stupsnase.

»Wie denn?«

»So«, erklärte Thorger und feuerte aus allen Rohren seiner Fliegenden Festung, während er mit links die Flakwölkchen umkurvte.

Der Kommissar lachte und wurde von den Fledermäusen geholt. Der Lehrer machte sich bis zum Verstreichen der Frist unsichtbar.

»Ich habe einen viel besseren Vorschlag.«

»Was denn?« wollte die Stupsnase wissen.

»Ihr macht keine Schwierigkeiten heute abend, und dafür klinken wir uns morgen aus den Haltetauen aus, und ich nehme euch mit zu einem kleinen Rundflug, sagen wir bis Pluto und zurück.«

»Ist das weit?«

»Ein Katzensprung.«

Thorger hatte es erwischt. Mit brennendem Motor schmierte er ab, dann riß ihm ein zweiter Treffer das Leitwerk weg, ohne daß er die Maschine wieder in die Gewalt bekommen hätte. Er legte die Hände in den Schoß, und während sich der Bomber, schwarze Qualmwolken ausstoßend und unbeherrschbar wie ein vom Baum herabtrudelndes Blatt, dem Erdboden entgegenschraubte, wandte er sich im Cockpit zu mir um.

»Wer's glaubt, wird selig«, verkündete er noch, bevor der Aufschlag erfolgte und ein Flammenmeer Wrack und Besatzung verschlang.

»Abwarten, Wing Commander. Die Station ist nämlich nur als Quarantänering getarnt und in Wirklichkeit voll raumtauglich.«

»Alles fertigmachen zur Stillegung«, funkte der Pädagoge dazwischen, »fünf, vier, drei, zwei, eins und – tilt.«

Der elektronische Dschungel verlor seine Geräusche, als wälze sich der Sprühnebel eines namenlosen Unheils durch die Wipfel und raffe alles Lebendige hinweg. Keine halbe Minute, und nichts rührte sich mehr. Ein Abgrund der Lautlosigkeit hatte sich aufgetan, über dem das Fächeln der Lüftung hing wie das unschuldige Rotorgeräusch eines sich entfernenden Hubschraubergeschwaders.

Dann aber dudelte es aus der Tiefe, und eine Stimme sprach: »I command you, rise from your grave and save my daughter.«

XXVII.

Während der letzte der Zwerge mit neidisch auf den Bildschirm geheftetem Blick an ihm vorüberhüpfte und sich die Tür hinter den verdüsterten Kinderseelen schloß wie der Eingang zu einem Bergwerksstollen, erreichte der Kommissar die 5000 Punkte-Marke. Glockengeläut setzte ein, die Fledermäuse verwandelten sich in Hochzeitsputten, die Gespenster trugen auf einmal Frack und Zylinder, die Braut beugte sich vor, um ihrem Befreier einen Kuß in den Nacken zu hauchen.

»Vorsicht«, rief ich noch, aber da war es auch schon geschehen. Ihre Vampirzähne staken zwischen seinen Rükkenwirbeln, und der Muskelmann schrumpelte zusammen wie ein Luftballon, als sie ihm das Mark aussaugte.

»Was soll das nun wieder?«

»LOO-DO Voodoo Video – ein Spiel, so ungerecht wie das Leben«, zitierte ich aus dem Werbetext. »Aber Sie sind mit allen Wassern gewaschen. Sie räumen auf mit den Spukgestalten. Sie widerstehen den Verlockungen. Sie stellen sich im ungleichsten aller Gefechte...«

»Danke, schon kapiert. Ich bin zweimal geschieden.«

»Na dann, Glückauf zur nächsten Runde.«

Ich war heilfroh, daß ihn diese Kassette derart mit Beschlag belegte, denn mir war ein Einfall gekommen, den ich gern unbeobachtet ausprobieren wollte.

Also stöckerte ich ein, zwei Meter weiter zu einem Monitor, der mit dem Rücken zu seinem Gerät aufgestellt war, setzte mich davor, ließ das Spielangebot abspulen und wählte U 5 an, eine elektronische Pool Billiard-Variante, in der man sämtliche Mitglieder eines Sternenhaufens mit möglichst wenigen Stößen der Gravitationsramme in ein Schwarzes Loch befördern mußte.

COSMIC EXIT U 5 erschien auf dem Schirm, und es kribbelte mir in der Fingerspitze, die die Kugelinschrift gelesen hatte. Bevor ich mir aber über die Ursache dieses Gefühls Rechenschaft ablegen konnte, lag die Kuppe auch schon auf der Starttaste und drückte sie herunter.

Eine Sonne nach der anderen zündete mit weißblauem, gelbem oder violettem Aufblitzen in der galaktischen Dunkelwolke, die das gesamte Gesichtsfeld einnahm, und blies dann mit ihrem Strahlungsdruck die Materie der Umgebung davon. Es sah aus, als breiteten sich erst eine, dann zwei, drei, fünf, acht Wellen auf einer Seeoberfläche aus. Wo sich diese expandierenden Kreise berührten oder überschnitten, kam bisweilen die kritische Masse für einen weiteren Himmelskörper zusammen, und wieder flammte ein Lichtpunkt auf, bis der Schirm gefüllt, das Material verbraucht und von der Wolke nur noch ein unscheinbarer Strudel in der oberen rechten Bildschirmecke übrig war.

In Wirklichkeit gab es aus dem Trichter dieses Mahlstroms aber selbst für Rote Riesen kein Entrinnen, und doch spie er anfänglich etwas aus, die Gravitationsramme nämlich, jenes Katapult, mit dem ein geschickter Spieler den Himmel leerfegen und sich das Wohlwollen der allesverschlingenden Singularität erkaufen konnte.

Bis dahin war mir das set-up nichts Neues, nur das ›Code‹, das über das Werkzeug irrlichterte, als ich es hinter dem ersten Stern ausrichten wollte, hatten wir garantiert nicht im Programm. So etwas existierte nämlich nur als Sicherung auf den ›juicy cartridges‹ eines skandinavischen Konkurrenzunternehmens, bei dem LOO-DO stiller Teilhaber war. Dessen Kassetten erlaubten einen von der männlichen Anatomie inspirierten, sozusagen naturwüchsigen Einsatz des Joystick und waren deshalb mit einer Kindersicherung versehen, die das Programm blockierte, solange nicht das richtige Schlüsselwort eingegeben wurde.

Die Vokabel konnte der Käufer selbst festlegen, aber die Firma lieferte für Faulpelze natürlich Vorgefertigtes mit, das nach Ansicht des Herstellers auch noch witzig sein sollte. Eine Handvoll solcher Scharfmacher und Programmzünder von ›Leif Erekssion‹ bis ›Immanuel Cunt‹ probierte ich durch, wie sie mir in den Kopf kamen, aber nichts rührte sich.

Ich starrte in das Sternengewirr und zermarterte mein Gehirn, während gegenüber wieder die Glocken ertönten und kurze Zeit später ein »verdammte Hexe« von der neuerlichen Niederlage kündete.

»Tiefer ansetzen«, rief ich ihm zu, »Sie müssen von unten kommen, von unten, damit sie über Sie hinwegbeißt.«

»Man dankt für die Hilfestellung.«

»Und dann der Vampiretta den Ellbogen mitten durchs Herz.«

Kaum hatte ich den Kommissar mit diesem guten Rat in den ungleichsten aller Kämpfe entlassen, fiel mir auch einer für mich selbst ein. ›Sterntaler‹ tastete ich mich vor, und als auch das nicht die gewünschte Wirkung zeitigte, unverzagt weiter: ›Stella Ducati‹.

Jetzt kam Bewegung in die Sonnen, die teils auseinanderstrebten, teils aufeinanderzuwanderten und fusionierten. Ein Oval bildete sich aus mit einer länglichen Ballungszone im unteren Drittel und zwei runden Arealen ein gutes Stück darüber, in dem es zuerst noch heftiger brodelte, bis eine völlige Durchmischung der Partikel eingetreten war. Dann beruhigte sich die Materie und zog eine Haut auf wie abkühlende Milch. Nur war diese Haut nicht faltig weiß, sondern glatt und rosig, als ob noch etwas von der darunterliegenden Glut hindurchschimmerte, und außerdem zuckte sie.

Sie zuckte, als wolle sie sich gleich wieder ablösen von

dem, was sie bedeckte. Und da erschien auch schon rechts und links ein haarfeiner Spalt, zierlicher noch als die Sichel des wieder zunehmenden Erdtrabanten. Aber selbst der schien in Eile; ein Atemzug, und die zwei Wochen bis zu seiner strahlenden Erfüllung waren vorüber.

Ein bewimpertes Doppelgestirn. Und ein vertrautes Gesicht mit Grübchen in den Wangen.

»Wieso stierst du mich an wie ein Mondkalb, Malte?« wunderte sich Bérénice, »wegen der Haare? Das wächst wieder. Oder hast du jemand anderes erwartet – diese Studiokuh zum Beispiel, die dir den Kopf verdreht?«

»Wo steckst du?« zischelte ich mundtot wie ein Bauchredner.

»Da, wo du auch besser aufgehoben wärst. Aber dazu mußt du deine Schaltkreise ein bißchen auf Touren bringen.«

»Ich tue mein Bestes.«

»Tust du nicht, Immanuel Cunt. Aber immerhin bist du zu guter Letzt ja doch noch drauf gekommen.«

Glocken. Das Portal schwang auf, der Bräutigam betrat feierlichen und gemessenen Schrittes das Kirchenschiff. Will sagen, der Grünfink war im Anflug.

»Vorsicht«, quetschte ich aus meinem Mundwinkel.

»Ich warte unter der base-line. Auf bald, Malte, und verwirr dich nicht unterwegs«, sagte sie noch und versternte.

Von widersinnigen Steuerimpulsen getrieben hetzte die Gravitationsramme zwischen den Himmelskörpern herum wie ein panischer Hase unter den Flaumbällchen einer Kükenzuchtstation.

Ein gellender Frauenschrei erfüllte die Kabine, gefolgt von dem Triumphgeheul des Kommissars, der den Grünfink von hinten zu packen bekam und ein paar Mal im Kreis herumwirbelte.

»Volltreffer! Vorne rein und hinten raus. Gnadenloser Hexenschuß. Zehntausend! Zehntausend für den Voodoo-King! Da sehen Sie. Sie sind Zeuge. Zehntausend und keinen Zähler weniger.«

Er hatte den Grünfink vor den Monitor gezerrt und schob seinen Kopf so nah vor das Punktekonto, als sei er kurzsichtig. Der Lautsprecher schmetterte unterdessen »We are the champions«, dann erbat das Programm Namen und Geburtsdatum des Spielers zwecks Eintrags in die »Liste der unvergeßlichen Spießer«, wie der Lizenzgeber »The Charts of Immortal Impalers« verdeutscht hatte. Das wollte eingetippt sein, und der Grünfink nutzte die Chance, sich der siegestrunkenen Umarmung seines Kollegen zu entwinden. Daß er selbst sich keineswegs in einem Stimmungshoch befand, war mir gleich beim Eintritt aufgefallen.

Flankiert von zwei Aufpassern konnte ich unmöglich herausfinden, was sich unter der base-line von »Cosmic Exit« verbarg. Also unterbrach ich das Spiel und fragte ihn nach dem Grund für seine Niedergeschlagenheit.

»Hat nicht geklappt mit der Decke, stimmt's?«

»Hat nicht geklappt mit dem Gespräch.«

»Wieso, ich denke...«

»Wir könnten auf dem Mars sein – oder irgendwo in diesem Sternengewusel da.«

»Immer noch technische Probleme?«

»Menschliche, Patzer, diesmal sind es rein menschliche.«

Ich muß wieder reichlich außerirdisch ausgesehen haben, denn er faßte sich in Geduld und erklärte mir die Sache.

»Man muß nach jedem Satz endlos warten, bis die Antwort kommt, und wenn man länger redet, dauert die Pause eine halbe Ewigkeit. Und in der steht das Bild.«

»Wie? Steht?«

»Sie halten die Bildübermittlung an, sobald das letzte Wort heraus ist, und meine Frau wartet und starrt auf meinen elektronischen Leichnam, und ich warte und starre auf ihren. So kann man sich unmöglich verständigen. Es ging vielleicht dreimal hin und her, da war die Sprechzeit auch schon um.«

»Aber wir stehen mitten auf dem Marktplatz«, sagte der Kommissar, der seinen Namen inzwischen der Nachwelt übermittelt hatte, »und das Außenstudio ist vielleicht ein paar hundert Meter weit weg, wenn überhaupt.«

»Richtig, nur dazwischen sitzt der Zensor.«

Der Voodoo-King staunte nicht schlecht.

»Hier drinnen ist die Wahrheit längst herum. Über den Fund, über unseren schon naturgetreuer durchgeformten Gast, der sein Versteckspiel trotzdem nicht aufgeben will, über...«

»Aber ich bin...«, setzte ich an.

»Ostwestfale«, ergänzte der Amateurastronom, »auch Ihre Stammesvorlieben sind bekannt, obwohl Sie vielleicht mit der Tarnung des Sauerländers besser gefahren wären.«

»Aber lassen wir das«, sagte der Kommissar, bei dem ich plötzlich einen leichten rheinländischen Akzent herauszuhören glaubte.

»Gut, lassen wir das. Jedenfalls wissen wir hier eine ganze Menge, und die Außenwelt weiß nichts, außer der Seuchengeschichte. Und damit das so bleibt, braucht man einen Zensor. Der hört nämlich jeden Satz mehrmals ab, bevor er ihn freigibt, und wenn irgendeine Anspielung, irgendein Hinweis, irgendeine seltsame Wendung darin steckt, muß man ihn umformulieren. Und dabei entstehen noch ganz andere Verzögerungen. Für die Antwort auf die Frage, wie es mir geht, habe ich ein halbes Dutzend Anläufe gebraucht, bevor der Kerl grünes Licht gab. Meiner Frau standen die Tränen in den Augen, danach. Ist doch klar, wie die Sendepause auf sie gewirkt hat.«

»Das tut mir leid.«

»Ach was, Sie hatten doch keine Wahl. In eine Mülltonne stopfen konnten Sie Ihren Kollegen ja wohl schlecht.«

Ich räusperte mich. Längere Gegendarstellungen hatten ohnehin keinen Sinn.

»Aber warum veranstaltet man dann diesen Geheimhaltungszirkus?« wollte der Voodoo-King wissen. »Sie posaunen doch sonst jeden Mist in die Weltgeschichte hinaus. Und bei einer waschechten Sensation ist plötzlich Nachrichtensperre?«

»Erstens ist die Neugier in unserem Fall nicht nur ansteckend, sondern hochinfektiös«, fiel ihm der Grünfink ins Wort, »und zweitens fand die Beisetzung zwar in aller Stille statt, aber nicht ohne standesgemäßen Aufwand. Und dabei hat unser Herr Patzer eben eine sehr unglückliche Hand bewiesen.«

Ich verstand kein Wort.

»Ich verstehe kein Wort«, sagte der Pfähler.

»Waren Sie denn bei der Graböffnung nicht dabei?«

»Allerdings.«

»Dann müssen Ihnen die Sachen doch aufgefallen sein.«

»Ach, diese Dinger neben dem Leichnam, meinen Sie?«

»Ja, die Grabbeigaben.«

»Und die sollen etwas damit zu tun haben ...«

»... daß man die Wahrheit unter Quarantäne gestellt hat, allerdings.«

XXVIII.

Auf unser Drängen hin rückte der Grünfink mit seiner Theorie heraus. Danach waren wir ursprünglich aus einem einzigen Grund interniert worden, wegen der Anstekkungsgefahr nämlich, wurden inzwischen aber längst nicht mehr allein deshalb festgehalten. Die Verantwortlichen hatten offensichtlich rasch begriffen, welche idealen Versuchspersonen wir abgaben. Denn erstens waren wir ohnedies moribund, so daß man keine Gewissensbisse zu haben brauchte, wenn jemand bei Experimenten ein paar Stunden oder Tage früher das Zeitliche segnete. Und zweitens war der Verlust jedes Eingeweihten ein Gewinn. Die Insassen wußten alle von einem Abgeschiedenen, der nicht auf die Erde gehörte, mehr noch, sie hatten ohne Ausnahme Kontakt mit einem lebendigen Vertreter derselben Spezies gehabt. Dieses Wesen war zwar lädiert, aber deshalb wahrscheinlich umso gefährlicher. Wer konnte von draußen schon sagen, was es seinen Opfern außer ein paar mörderischen Viren noch alles eingeimpft hatte. Bestimmt auch Informationen über die Dinge, die zusammen mit dem Leichnam gefunden worden waren und über denen jetzt in irgendwelchen Forschungsbunkern die militärischen Experten brüteten.

»Aber vielleicht waren das nur Alltagsgegenstände oder Schmuckstücke«, wandte ich ein.

»Du heilige Einfalt«, seufzte der Grünfink, »als ob das etwas änderte.«

»Wieso, damit kann doch niemand etwas anfangen, außer einem Völkerkundemuseum.«

»Wovon erzählte euer Fotograf doch gleich?« fragte der Grünfink den Voodoo-King.

»Ich weiß nicht, was Sie meinen.«

»Na, dieses Verhör heute morgen. Da haben sie ihm doch etwas gezeigt von dem Zeug, eine Figur oder so etwas Ähnliches.«

»Den Astronauten aus dem LOO-DO Actionprogramm«, half ich aus.

»Ja, stimmt, aber der war doch nicht aus dem Wald, sondern aus seiner Wohnung.«

»Das kommt auf dasselbe heraus. Denn bestimmt kann sich unser Herr Patzer dafür auch keinen besseren Aufenthaltsort vorstellen als ein Spielzeugmuseum, oder?«

»Vielleicht später mal, wenn sich die Serie amortisiert hat und vom Markt genommen wird.«

»Er meint, was er sagt«, erklärte der Grünfink kopfschüttelnd, »oder ich will Grünfink heißen.«

»Warum denn nicht?«

»Weil das Püppchen ein Innenleben hat, und dieses Innenleben die Schwerkraft ausschaltet. Die Rüstungsindustrie schwebt garantiert schon im siebten Himmel, und wenn sie erst herausgefunden haben, wie's funktioniert, ist es mit den Kindereien vorbei.«

»Oder es geht wieder richtig los damit, ganz nach Blickwinkel«, nickte der Sieger im ungleichsten aller Gefechte.

»Moment, Moment mal. Unser Astronaut fällt runter wie ein Stein, oder beinahe. Weil er nämlich aus Plastik besteht und innen drin aus Luft.«

»Aber Ihrer nicht, Ihrer war schwerelos.«

»Ein Trick. Eine Trickaufnahme wie im Kino. Oder hauchdünne Schnüre. Es gibt Spezialisten für so etwas.«

Sie glaubten mir kein Wort. Ich spürte, wie mir das Blut ins Gesicht stieg, wie das Frettchen tief drinnen Witterung aufnahm und sich in seinem Nest hin- und herzudrehen begann. Nein, bloß das nicht! Ich durfte mich nicht schon wieder vergessen, vor allem nicht gegenüber den beiden hier, die mir mehr Sympathien entgegenbrachten, als ein interplanetarischer Störenfried – und es gab Augenblicke, in denen ich mich schon ganz so fühlte – irgendwo auf der bekannt glitschigen Entwicklungsleiter der Sauerstoffatmer erwarten darf.

Also patroullierte ich vor dem Bauausgang und entsicherte statt dessen die Gravitationsramme, die die Sterne bald in solchen Massen aus ihren Konstellationen katapultierte, daß das Schwarze Loch Aufstoßen bekam wie der überforderte Abfluß eines Spülbeckens.

»Wahnsinn«, hüstelte der Voodoo-King, »heller Wahnsinn.« Und als das Zählwerk nicht mehr nachkam und den Rückwärtsgang einlegte, stellte er mit einem »gibt's nicht, das gibt es doch nicht« die ganze kosmische Katastrophe, deren Augenzeuge er doch war, in Abrede. Mich focht das nicht an, weil mein gesunder Menschenverstand die plötzliche Fingerfertigkeit ohnehin jener Kategorie des Eingebildeten zuschlug, in der er, sagen wir, auch den Andruck beim Abheben von MOBIQUA in Richtung Pluto untergebracht hätte. Was mich dagegen zutiefst beunruhigte, war ein unstrittiges Faktum. »Cosmic Exit« besaß zwar so etwas wie einen Fluchtpunkt, aber beim besten Willen nichts, was man auch nur im entferntesten als base-line bezeichnen konnte.

XXIX.

Irgend etwas war nicht in Ordnung. Ich spürte es hinter den hochgehenden Novae und dem Kreischen der nahezu auf Lichtgeschwindigkeit beschleunigten entarteten Materie, so wie man mitten im Menschengewimmel den einen unverwandten Blick spürt, den festgewachsenen Flakscheinwerfer, der trotz der waghalsigsten Manöver nicht mehr abzuschütteln ist.

Die beiden anderen bemerkten es auch, kaum daß ich das Spiel unterbrochen hatte. Der Grünfink zog mehrmals vorsichtig die Luft ein, der Kommissar erhob sich unschlüssig, tat ein paar Schritte, kam zurück. Wir sahen uns ratlos an.

»So ein verdichtetes Mineralwässerchen wäre jetzt nicht zu verachten«, erklärte der Voodoo-King.

»Woher wissen Sie davon?«

»Moses schlug gegen den Stein, bis er sprudelte. Und wer bei Steinchen anklopfte, wurde auch nicht enttäuscht.«

»Stimmt«, sagte ich, »der Mann war von geradezu überquellender Herzlichkeit.«

Der Grünfink schluckte etwas herunter.

»Die Kleinen«, entfuhr es ihm dann, »es sind die Kleinen. Sie begasen die Kinderabteilung.«

Er hatte recht. Das war es, worauf ich reagiert hatte, auf die Veränderung der Geräuschkulisse. Plötzlich fehlten das Lärmen, Hüpfen, Lachen und die anderen lautstarken Lebensäußerungen von nebenan. Ohne ein weiteres Wort stürmte der Grünfink los – wir hinterdrein.

Die Tür klemmte oder war absichtlich blockiert worden. Obwohl wir mit Händen und Füßen gegen den Mechanismus vorgingen, waren die beiden Hälften nicht von der Stelle zu bewegen. Erst als der Pfähler eine meiner Krükken durch die Dichtung gestoßen hatte und damit zu hebeln begann, trat der gewünschte Erfolg ein.

Der Nebenraum lag vor uns – durchaus schadstofffrei, aber verwaist, jedenfalls was seine halbwüchsige Belegschaft anging. An ihrer Stelle standen uns im Mittelgang drei Männer gegenüber, bei denen es sich um die zwei farblosesten Mitglieder der Staffel und einen bronzierten Mittvierziger im Tropenanzug handelte, der sich ohne Zweifel gleich nach dem Aufenthaltsort der nächsten Elefantenherde erkundigen würde.

Tat er aber dann doch nicht, weil er lieber das Feuer auf das Wild eröffnete, das er vor der Flinte hatte.

»Vandalismus«, nickte er, »das hat mir in meiner Sammlung gerade noch gefehlt. Zwei Schnapsleichen in der Küche, galoppierender Disziplinverfall beim Einsatzkommando, ein vertragsbrüchiger Arzt, der sich mitten in einer wichtigen Versuchsreihe selbst krankschreibt, die herumlümmelnde und herumlungernde Mordkommission. Meine Hochachtung, Patzer, Sie haben es weit gebracht bei der Demoralisierung Ihrer Umwelt.«

»Wo sind die Kinder?« fuhr ihm der Grünfink dazwischen.

»Duschen, Wachtmeister Fink. Ein Akt der Körperpflege, der Ihnen auch nicht schaden würde.«

»Was bilden Sie sich eigentlich ein, Sie Safari-Clown, Sie«, entrüstete sich der Sieger im ungleichsten aller Gefechte. »Wir lassen uns hier nicht verkackeiern, und schon gar nicht ...«

Der tropentaugliche Verantwortungsträger hatte einen Dienstausweis aus der Tasche gezogen und hielt ihn den beiden Polizisten vors Gesicht, das erst in dem einen, dann auch in dem anderen Fall auszusehen begann, als hätte sein Eigentümer in einen Klumpen Kernseife gebissen.

»... schon gar nicht durch einen vom Himmel gefallenen Ausbaldowerer und Infiltranten, wollten Sie sagen.«

»Jawohl, Herr Polizeiprä...«

»Papula – für meine Leute bin ich schlicht und einfach Herr Papula, verstanden?«

»Jawohl, Herr Papula.«

»Sie beide übernehmen mit sofortiger Wirkung die Essensausgabe. Und wenn bis 19.30 Uhr nicht jeder auf der Station ein dampfendes Tablett vor sich stehen hat, dann zeige ich Ihnen, was ich bei der Seuchenbekämpfung in Botswana gelernt habe. – Wegtreten.«

Meine alte Leibgarde verdrückte sich kleinlaut, die neue versprach nichts Gutes. Ich sah in die Röhre, bis Papula ein Handzeichen gab. Seine blassen Gorillas nahmen mir die Krücken ab, griffen mir unter die Arme und schleppten mich eine Kabine weiter, während ich vollauf damit beschäftigt war, meine übergroße Beinbekleidung an Ort und Stelle zu halten.

Das Abteil neben der Spiel- und Freizeitsektion diente der medizinischen Versorgung der Insassen. Eine Art Zahnarztsessel, in dem ich plaziert wurde, beherrschte den Raum; um ihn herum waren Medikamenten- und Instrumentenschränke angeordnet, deren Innenleben sich hinter milchigen Plastikscheiben verbarg.

Trotz meines Protestes schnallte man mir Arme und Beine fest, und Papula, der sich bestens auskannte, gab mir, wie um ganz sicher zu gehen, noch eine Injektion, die meine Glieder bleischwer werden ließ und mich von innen chemisch einzementierte. Nur der Kopf blieb klar, die Halsmuskulatur beweglich, und ich hatte beinahe das Gefühl, als dränge sich alle Regsamkeit, die dem Körper entzogen worden war, jetzt unter der Schädeldecke zusammen.

Die beiden Ordonnanzen verließen den Raum, um draußen vor den Türen Posten zu beziehen und uns eine ungestörte Unterhaltung zu ermöglichen, wie Papula sich ausdrückte. Als wir allein waren, schlenderte er langsam aus meinem Blickfeld, hantierte noch eine Weile in meinem Rücken mit irgendwelchen Gegenständen und entzog sich dann auch akustisch jeder Sinneswahrnehmung. Mit allen Nervenenden suchte und tastete ich nach ihm, so wie man in einem dunklen Zimmer klopfenden Herzens und mit ausgestreckten Armen nach einem Eindringling fahndet, aber die Ventilation verschluckte selbst seine Atemgeräusche, und nach gar nicht so langer Zeit war mir, als hätte es ihn nie gegeben. Selbst die Angst vor dem, was er da vorbereitet hatte und mit mir vorhaben mochte, war auf einmal wie weggeblasen.

Vielmehr hatte ich das Gefühl, mit Euphorie betankt zu werden wie eine Rakete mit flüssigem Sauerstoff, der ja auch alles Organische erstarren läßt und trotzdem Organismen bis in den Weltraum tragen kann. Eisig und von Kaltluftschwaden umwabert lag ich fast horizontal auf der Startrampe meines Stuhls, bevor sie langsam, ganz langsam hochschwenkte und mich Stück für Stück in die Senkrechte wuchtete. Jetzt fielen auch schon die Fesseln von mir ab, und ich stand kerzengerade und allein auf dem mächtigen Startteller, während der Turm mit seinem Kabel- und Zuleitungsgewirr auf Abstand ging.

Infernalisches Getöse und ein Prickeln zwischen den Zehen. Ich spürte, wie ich den festen Boden unter den Füßen verlor, etwas nach vorne wankte, mich fing, in eine stärkere seitliche Pendelbewegung geriet, die den Stabilisierungssystemen das Äußerste abverlangte, und knapp an der Katastrophe vorbei und um mehrere Meter versetzt aus dem Zentrum des MOBIQUA-Ringes heraus meinen immer rascheren Aufstieg begann.

Schon wirkte die Anlage wie ein Nadelöhr, durch das

ich unmöglich geschlüpft sein konnte, schon war Bergisch Hall in den Wäldern des Sauerlandes versunken wie eine Kupfermünze in einem Teich voller Entengrütze, schon rundete sich dessen Oberfläche, warf sich die Erde auf wie eine Schlammblase, als wolle sie viel zu spät und mit einer vergeblichen Anstrengung dem Gegenstand, der ihr zu entkommen drohte, doch noch nachsetzen und ihn wie mit einer klebrigen Froschschleuder wieder zu sich herunterzerren. Aber die aufgeworfene Gebirgszunge löste sich nicht einmal mehr vom Flachlandgaumen, der nun seinerseits an den Rändern wegsackte und zerfloß, bis ich mich über einer zwar riesigen, aber doch schon deutlich zu erkennenden Kugelschale auf den Rücken legte.

Das letzte, was ich für einen längeren Zeitraum wahrnahm, war die schaumig-graue Politur jenes Herbstmeeres, auf das ich hinaussteuerte. Dann erstickte ein unsäglicher Schmerz jedes Interesse an der Vogelperspektive. Er entsprang der Leistengegend, in der eine Verausgabung und Entleerung spürbar wurde, die sich rasend schnell zu Qualen steigerte, wie sie auch ein Geschöpf durchleiden mag, das bei lebendigem Leibe ausgeweidet wird. Dann fraß sich der Wundbrand aus der verwüsteten und ausgeglühten Region weiter und weiter nach oben bis in die Hüften.

Es zerrte, hackte und riß an mir, und als ich gar nicht mehr aus noch ein wußte, glaubte ich zwei riesige Waldarbeiterfäuste zu spüren, die oben und unten zupackten und mich mit einem grauenhaften Ruck in der Mitte auseinanderdrehten, so wie man den Verschluß einer Schnapsflasche aufbricht.

Und dann fiel ein scharfer Frost. Er brachte mich wieder zur Besinnung, und im ersten Moment schob ich die Kälte auf das Eismeer mit seinen gehäckselten Schollen, über das mein Oberkörper hinwegzog, während der rasch zurückfallende Unterleib der Wüste dort unten entgegentorkelte.

Aber es dauerte nicht lange, bis ich begriff, daß der Temperatursturz nicht mit meiner Unterwelt, sondern mit der Höhe zu tun hatte, in der ich mich bewegte. Allerdings zündete es da auch schon wieder hinter der Nabelwand, und der Rückstoß katapultierte mich tiefer und tiefer in eine Schwärze, die die Sonne schon längst nicht mehr zu vertreiben vermochte und aus der Tausende und Abertausende von Sternen heraustraten wie Laternen aus dem Betongeschiebe einer in großem Abstand überflogenen planlos sich ausbreitenden Megalopolis.

Ich brannte keine zehn Minuten, da traten die Symptome inneren Mangels erneut in Erscheinung, dieselben Schmerzen und Krämpfe suchten mich heim, und schließlich griffen auch die gigantischen Fäuste ein zweites Mal zu, das Verausgabte mit roher Gewalt vom noch Leistungsfähigen abtrennend.

Jetzt war nur noch ein Halsstumpf mit Kopf übrig, der weit über dem Planeten seine Bahn verfolgte – in schwereloser Andacht und begabt mit einer Engelsgeduld, die klaglos darauf harrte, daß die Sterne sich einer nach dem anderen aus den vertrauten Konstellationen hinwegstehlen und sich Lichtpunkt für Lichtpunkt wieder zu dem einen Gesicht zusammenfinden würden, das ihm vor Urzeiten begegnet war. Er spürte schon den Kuß auf seiner Wange, die Liebkosung, die es wert war, daß man aushielt, daß man wartete, wenn es sein mußte, bis zum Ende der Zeiten.

Aber der himmlische Gunstbeweis wurde weltlich, irdisch. Schon war da nur noch ein stümperhafter Andruck der Lippen, dann nichts als gefühlloses Saugen und Zusammenschieben, schließlich schmerzhaftes Gequetsche.

»Da hätten wir ja schon die ersten Schwären und Pusteln, Patzer«, konstatierte Papula, der geräuschlos neben mich getreten war und die Stelle auf meiner Wange befingerte, die ich mir mit heißem Kaffee verbrüht hatte.

»Mit Ihnen dauert's auch nicht mehr lange, dann sind Sie so weit wie Ihr Kollege.«

Ich schwieg.

»Schrecklich, nicht wahr, dieses Verröcheln und Verenden, dieser Todeskampf inmitten von Eiter und Blut – selbst für einen Außerirdischen. Haben Sie seine letzten Zuckungen gesehen? Waren Sie dabei? Haben Sie ihm den Angstschweiß von der Stirn gewischt? Die Tränen getrocknet? Den sich aufbäumenden Leib zurück in die Kissen gedrückt?«

Ich schloß die Augen.

»Sie brauchen nicht zu antworten, Patzer. Niemand zwingt Sie. Nur bringt das die Bilder nicht weg. Die schrecklichen Bilder in ihrem Kopf. Die Bilder von einem, der krepiert wie ein räudiger Köter. In der Fremde, dieser trostlosen Fremde so weit weg von Zuhaus. Ihr Freund mit zerfließendem Leib und gedunsenem Gesicht. Erinnern Sie sich, Patzer. Die Bilder. Eingefressen in Ihrem Gedächtnis. Und jetzt sind Sie dran. Das nächste Opfer. Derselbe Eiter, dasselbe Blut, dieselbe Angst. Es ist auch Ihr Gesicht, das Sie da sehen, Patzer, Ihr Gesicht und Ihr eigener entstellter Kadaver.«

»Hören Sie auf.«

»Warum? Weil Sie glauben, dem allen gewachsen zu sein? Herr der Lage bis zum bitteren Ende? Machen Sie sich nichts vor, Patzer, Sie sind es nicht. Wie könnten Sie auch, wo Ihnen doch Unrecht geschieht, schreiendes Unrecht. Sie sind jung, Sie haben sich freiwillig gemeldet für diese Mission. Man hat Ihnen das Blaue vom Himmel versprochen. Und jetzt – jetzt müssen Sie sterben, und es rührt sich keine Hand. Ist das in Ordnung? Fügt man sich unter solchen Bedingungen in sein Schicksal? Nein, nein und nochmals nein! Sie wollen nicht abgeschrieben werden und auf der Verlustliste landen, um keinen Preis. Sie wollen leben. Sie wollen zurück, zurück nach Hause, und zwar gesund und munter.«

Kunstpause.

»Und das alles, Patzer, das alles können Sie haben.«

XXX.

»Denn siehe«, sagte mein Kopf, »ein barmherziger Samariter namens Papula hat das Kräutlein Kommnichtum gefunden, am äußersten Ende der Kalahari.«

»Ich schätze Galgenhumor, Patzer, besonders bei Wesen, denen ich eine solche Regung nicht zugetraut hätte. Aber auch der versagt am Rande des Grabes, glauben Sie mir.«

»So?«

»Allerdings. Das einzige, was Ihnen jetzt noch helfen kann, ist ein Serum. Das wußte ich schon, als ich gestern nacht in Windhuk in die Maschine stieg. Was ich da noch nicht ahnen konnte, war etwas anderes.«

»Nämlich?«

»Daß nur Sie es brauchen würden und kein anderer der Internierten. Kennen Sie übrigens Botswana? Gibt es da vielleicht auch eine – Dependance?«

»Weiß der Himmel«, erklärte mein Kopf.

»Sie werden schon noch gesprächiger werden, geradezu redselig; ich sehe es kommen. Botswana ist nämlich in gesundheitspolizeilicher Hinsicht ein geradezu aufregendes Land und einzigartiges Studienobjekt. Zum einen aufgrund der für unsere Begriffe katastrophalen medizinischen Unterversorgung von einem Arzt auf siebentausend Einwohner...«

»Immer noch besser als umgekehrt.«

»...zum anderen wegen seiner Todesstatistik. Die Hauptkiller sind außerdem nicht Herz- und Kreislauferkrankungen oder Krebs wie bei uns, sondern mit 16,3 Prozent...«

»Ich platze vor Neugier.«

»...Masern. Die Betroffenen haben keine Widerstandskräfte dagegen; ihr Immunsystem ist fast so wehrlos wie das der Eskimos gegen den Schnupfen. Eine Kinderkrankheit rafft sie zu Hunderten dahin. Bei oberflächlicher Betrachtung könnte man die 16 Prozent fast für Außerirdische halten.«

»Auf jeden Fall ein Riesenmarkt für MOBIQUAS und Betoniglus. Wenn sich ein Lizenznehmer fände, der an Ort und Stelle produziert, könnte er bald den halben Kontinent auf seiner Kundenliste haben. Ich rate Ihnen dringend, sich selbständig zu machen, Herr Papula.«

»Habe ich auch schon überlegt, ehrlich gesagt. Die Möglichkeiten sind wirklich...« Er klappte geräuschvoll die Zähne zusammen, zog dann zischelnd die Luft durch die Barrikade und fuhr sich mit der Hand über die Stirn.

»Ich beginne zu verstehen«, sagte er dann geschäftsmäßig.

»Ich nicht«, erwiderte mein Kopf.

»Mir wird allmählich klar, wie Sie die Leute hier umgedreht und willenlos gemacht haben. Aber das hat ein Ende, Patzer, ein für allemal.«

Ich spürte einen leichten Einstich im Ohrläppchen, dann schwanden mir die Sinne, ohne daß ich, wie üblich, auch das Bewußtsein verloren hätte. Erst sah, dann hörte, schließlich schmeckte, roch und spürte ich nichts mehr, aber die Gnade der Ohnmacht hatte ich verwirkt. Die Sprache besitzt keine Worte für das, was folgte. Ich hätte mir die Finger einzeln abhacken lassen, um der Garrotte dieses endlosen Erstickens zu entkommen, aber es gab keine Hände, die ich anbieten, keinen Scharfrichter, der den Tausch hätte akzeptieren können, es gab überhaupt keine Welt mehr, nur knebelnde Verengung und ein immer weiter in sich selbst zusammenstürzendes Nichts.

Wie lange die eingeimpfte Agonie, der medikamentöse Todeskampf gedauert haben mag, konnte ich nachträglich nicht einmal mehr annähernd sagen, denn wieviele Stunden umfaßt ein einziger derartiger Augenblick?

Das erste, was ich bei meiner Rückkehr empfand, war der hartnäckige Widerstand, den die Kopfstütze meinem Schädel entgegensetzte, der sonst wohl haltlos wie eine Kugel zu Boden gepoltert und fortgerollt wäre. Dann erreichte mich eine Stimme, sanft und einfühlsam. Ich hatte Mühe, sie als die Papulas zu erkennen, denn der Wolf hatte Kreide gefressen und außerdem redete er nicht mit mir.

»Also, Sie machen jetzt hübsch kehrt und gehen wieder an Ihre Arbeit. Und ich streiche die ganze unschöne Szene aus meinem Gedächtnis.«

»Aber diese Versuche«, hörte ich Mause noch einmal aufbegehren.

»Oder ich bin gezwungen, Sie arretieren zu lassen und Meldung zu erstatten, daß Sie hier unter wüsten Beschimpfungen eingedrungen sind und versucht haben, mich tätlich anzugreifen sowie an der Ausübung meiner Amtspflichten zu hindern. Das alles wollen wir uns doch ersparen, nicht wahr, Dr. Mause? Denken Sie an Ihre Patienten hier, die Sie so nötig brauchen.«

»Der da ist auch mein Patient. Und ich bin verantwortlich dafür...«

»Ich nehme Ihnen diese Verantwortung ab, das sagte ich ja schon. Möllenbrock?«

»Zu Befehl, Herr Polizeipräsident.«

»Begleiten Sie den Doktor hinaus, und Gnade Ihnen Gott, wenn Sie nur noch ein Staubkorn passieren lassen.«

»Jawohl, Herr Polizeipräsident. Kommt nicht wieder vor, Herr Polizeipräsident.«

Mause schlurfte davon. Die Türhälften schmatzten, mein Augenlicht kehrte wieder.

»Ah, Patzer, von dem kleinen Ausflug zurück, wie ich sehe. Da gibt es bestimmt viel zu erzählen. Aber zuerst muß ich noch die gute Nachricht loswerden. Wo waren wir stehengeblieben?«

»Beim Außerirdischenanteil von Botswana«, sagte mein Kopf, der zwar wieder bei Sinnen, aber nach wie vor ganz unbeleibt war.

»Richtig. Die Masern. Sie machen sich kein Bild, wie sie manches der Opfer zurichten. Fast wie Ihren Kollegen. Man glaubt, die Pest hätte sie verunstaltet. Und für einen Körper ohne entsprechende Abwehrstoffe ist es ja auch das gleiche, Pest oder Masern, Rotz oder Erkältung, schwarze Blattern oder Windpocken.«

Ich spürte zum zweiten Mal seine Finger auf meinen Brandblasen.

»Wie gesagt, man traut seinen Augen nicht, aber die Laborergebnisse sind eindeutig. Ihr Freund ist an Windpocken gestorben, und Sie sind auch auf dem besten Wege, wenn die Medizin Sie nicht schleunigst erdet.«

»Und wie hoch wären in diesem Fall – die Behandlungskosten?«

»Jetzt fangen Sie an, mir besser zu gefallen, Patzer. Die Erfahrung ist doch immer noch der beste Lehrmeister, auch wenn man manchmal ein bißchen nachhelfen muß. Aber zur Sache. Wir wollen Angaben über Landungsorte und Termine, die zahlenmäßige Stärke der eingeschleusten Kontingente, die Kommunikations- und Befehlsstrukturen. Wir möchten wissen, woher Sie kommen und was Sie hier treiben. Für drei, vier unkomplizierte Enttarnungsmethoden wären wir Ihnen verbunden. Und der derzeitige Aufenthaltsort von Bérénice Sterntaler und Josef Ante ist uns natürlich auch nicht gleichgültig.«

»Und wenn ich Ihnen helfe?«

»Helfen wir Ihnen auch, und die Windpocken werden

Ihnen nicht mehr zu schaffen machen als allen Einheimischen hier, die sie noch nicht hatten.«

»Wann schicken Sie die Leute nach Hause?«

»Die V-3 und V-2 Abteilungen werden morgen früh aufgelöst.«

»Und wir Schwarzzungen?«

»Die werden verlegt.«

»Dachte ich mir.«

»Hier grassiert schließlich noch ein zweiter Virus. Wir möchten da kein Risiko eingehen, Sie verstehen.«

»Gewiß, der Schock. Man muß das wohldosiert unters Volk bringen.«

»Sie sagen es. Womit sollen wir anfangen? Wie wär's mit ein paar Zahlenangaben?«

»Wieso eigentlich nicht«, sagte mein Kopf. »Zuerst die Dinge, die ich mir an fünf Fingern abzählen kann. Zum Beispiel, daß MOBIQUA nicht für den Wiedereintritt in die Erdatmosphäre konstruiert ist und also mit Mann und Maus verglühen müßte, sollte die Insassen ein allzu heftiges Heimweh befallen.«

»Schön gesagt. Sie sind fast ein Poet, Patzer. Aber zum Dichten werden Sie später noch Zeit haben. Können wir uns jetzt den dringlicheren Geschäften zuwenden?«

»Ich schachere nicht mit Geißeltierchen, Papula!«

Mir fiel noch auf, wie sich seine Pupillen vergrößerten und seine Schläfenader zu pochen begann. Der Einstich im Ohr war tief und unbeherrscht. Die Energie, die sich entladen wollte, hätte ausgereicht, um eine Lanze in den Leib eines Mammuts zu rennen oder Hagens Speer zwischen zwei unverwundbaren Schulterblättern abtauchen zu lassen. Blindlings verflüchtigte sich die Welt. Ich strampelte gegen den Sog. Umsonst. Schon war alles noch schmerzlicher verloren und zunichte geworden. Unwiderbringlich. Für immer. Da stürzte es auf mich zu.

Ein zusammengerolltes, in sich verkugeltes Frettchen. Weiß und speckig von unzähligen Berührungen. Ein Frettchen aus Walroßzahn, aufscheinend wie ein Meteorit und schon verloschen. Doch es hatte mich mitgenommen – in seinen Bau unter der Erde, in seinen Winterschlaf.

XXXI.

Ich wollte nicht aufwachen. Nie mehr. Aber da war etwas, das ließ mir keine Wahl.

Schließlich gab meine Nase nach und sondierte ein bißchen. Es roch nach mir selbst, nach Pelz und Erde und nach dem verrottenden Laub, das sich im Eingang der Höhle angesammelt hatte. Wonach auch sonst? Alles, wie es zu sein hatte. Auf Wiedersehen.

Was denn? Was denn jetzt schon wieder? Zum aus-der Haut-Fahren war das. Nirgendwo hat man seinen Frieden. Da. Schon wieder. Knirschen. Vibrationen. Als führe einem eines ihrer Messer ins Fleisch. Oder eine Säge in einen Baum. Eben. Waldarbeiter. Weit weg. Die Ruhe. Nur immer die Ruhe. Der Winter war lang. Hatte noch gar nicht richtig begonnen. Keine Bewegung, nein. Schonen. Die Reserven. Und überhaupt ...

Überhaupt stank es nach Aas, nach Mensch und nach Schnaps. – Das war nicht weit weg. Das war hier. Auf die Beine! Alarm! Da grub einer über mir. Da grub mich einer aus. Schnell! Rette sich, wer kann! Der Notausgang ins Buschwerk. Diese verdammte Steifheit. Wie eine Schnecke. Bewegung, Bewegung! Da, ein Dämmern. Das Ende des Tunnels. Kauern. Luftholen. Und jetzt heraus wie ein geölter Blitz!

Kannte ich ihn nicht, den Mann mit dem Spaten? Und was er da vergraben wollte neben dem Betontrog, kannte ich das nicht auch?

»Was machst du denn hier, Steinchen?«

Die Baumstämme rundeten sich und verwuchsen wie die Planken eines Schiffsrumpfes, nein, einer Tonne. Das Bündel am Boden war jetzt Papula, nur Steinchen blieb derselbe.

»Wir hatten doch eine Verabredung, Patzer. Sozusagen ganz vergessen, was? Halber drei war ausgemacht fürs Aus-Checken, und da bin ich.«

Ich konnte nicht klar sehen, wegen der Drogennachwirkungen und der schummrigen Nachtbeleuchtung. Aber die Schemen reichten mir. Voll und ganz reichten sie mir.

»Du bist tot, Steinchen, Herzversagen«, erinnerte sich mein Kopf.

»Ich hab mich noch immer aufgerappelt, kannst jeden fragen im Ort,« setzte der Wiedergänger dagegen, »und überhaupt stehst du mit deinem Hirninfarkt auch ganz schön auf der Kippe. Also los jetzt.«

»Kann mich nicht bewegen. Mein ganzer Körper – wie abgefallen. Es geht nicht.«

»Du mußt nur wollen.«

Jemand lachte kaum hörbar und weit weg. Das war ich.

»Mach einen Versuch, Patzer.«

»Keine Versuche mehr, Steinchen.«

»Menschenskind, reiß dich zusammen. Deine Flipper-Queen wartet.«

»Bérénice steht auf einem ... anderen Blatt.«

»Es sind nur ein paar Schritte, Patzer. Vom Himmel hoch, das war einmal, jetzt tritt uns alle Welt sozusagen mit Füßen. Ausstieg, Einstieg, brauchst nur die Lotrechte zu treffen dazwischen. Ich helfe dir, komm.«

Ich begann, auch so von der Bildfläche zu verschwinden.

»Geht nicht ... hab's ... versprochen.«

»Wem? Wem hast du's versprochen, Patzer?«

»Den sieben Zwergen ... und den anderen ... Heinzelmännchen.«

»Unsinn. Tempo jetzt.«

»Doch. Daß ich sie mitnehme ... alle mit ...«

»He, Patzer, hiergeblieben, willst du wohl hierbleiben!«

Es strichen Federn über meine Wangen, unendlich sanft

wie Engelsflügel. Wieder und wieder, während mein Kopf hin- und herfuhr wie eine Billardkugel zwischen den Banden.

»Patzer – das darf doch nicht wahr sein! – Malte-Laurenz Patzer! Wohin? Hörst du mich? Wohin mitnehmen?«

»Plll … Pluuu … Pluto.«

XXXII.

»Da wird's euch aber gar nicht gefallen«, hörte ich ihn noch einwenden. Dann entwich alle Luft pfeifend aus seinen Lungen, weil er mich hochgezerrt und wie einen Sack über die Schulter geworfen hatte.

Meinem Kopf, der jetzt in Höhe seines Ellbogens baumelte, tat die Bewegung wohl, wahrscheinlich weil er dadurch besser mit Blut versorgt wurde. Und auch die Gedankenzirkulation kam soweit wieder in Schwung, daß ich mich wundern konnte. Zuerst über die verkehrte Welt, in der oben und unten durchgängig vertauscht waren und ich an der Decke entlangzuspazieren schien, dann über ein weiteres kopfstehendes Detail, die Tatsache nämlich, daß die vollausgelastete und also den Eindruck der Übervölkerung hinterlassende Station auf einmal menschenleer war.

Keine der Pritschen, die wir passierten, war noch belegt. Und ein paar zerknüllte Decken und unter die Etagenbetten geschobene Pappbecher, das war alles, was von den letzten MOBIQUANERN Zeugnis ablegte.

»Die Leute...?« kollerte es aus meiner Mundhöhle.

»Evakuiert«, hechelte Steinchen und ließ mich in der Küchennische zu Boden gleiten. »Erklär ich dir später. Alles verwanzt hier.«

Er klappte auf der gegenüberliegenden Seite des Gangs einen Deckel hoch, auf dem groß und fluoreszierend ›Abfall‹ stand und darunter klein und unterstrichen ›Nur beschicken, wenn Entsorgungsfahrzeug...‹

Weiter kam ich nicht, denn Steinchen verklebte mir den Mund mit einem Leukoplaststreifen, hievte meinen nach wie vor mit seinem Kopf entzweiten Körper über die Öffnung und ließ los.

Ich sah sein erschöpftes Grobschmiedgesicht noch eine

Sekunde über mir hängen wie unseren schrundigen kosmischen Begleiter, während ich die Station im freien Fall verließ. Dann schob sich der Kameraverschluß irgendeiner eingebauten Zwischenklappe davor, und er war verschwunden.

Die Kloake, durch die ich stürzte, war lichtlos, jetzt kam ein Streifen relativer Helligkeit, der mir kaum Zeit ließ, die metallene Unterseite von MOBIQUA, eine weite Asphaltfläche, die flache Zeltpyramide an ihrem anderen Ende wahrzunehmen. Dann verschluckte mich auch schon die Dunkelheit eines anderen Schachts.

Die Panik hielt es im Kopf nicht mehr aus und stürmte die Glieder, die zu rucken und zu zucken begannen wie bei einem Hampelmann, an den Wänden entlangschrammten, sich die Haut abschürften, aber sonst nichts Nennenswertes beschickten, bis ich mit einem gewaltigen Platschen wasserte. Anschließend brachten sie mich allerdings wie einen Korken wieder an die Oberfläche und hielten meine Nase über den Fluten, so daß ich Luft schöpfen konnte, während es unaufhaltsam, aber mit verminderter Geschwindigkeit weiterging.

Die Füllung des Stollens, der Bergisch Halls Hauptabwasserader sein mußte, hatte Kühlschranktemperatur, war aber, wahrscheinlich wegen der nachmitternächtlichen Stunde, weitgehend fäkalien- und abfallfrei. Wie der Däumling in seinem Papierhut reiste ich mit dem Strom, vor der Berührung des glitschigen, die Miasmen einer Senkgrube verströmenden Mauerwerks zurückschaudernd und nichts sehnlicher wünschend als die Ankunft in einem Klärwerksbassin mit Ausstiegsleiter.

An Girlanden von Toilettenpapier- und Plastiksackfetzen vorüber trieb ich in den Lichthof einer gelblichen Funzel.

»Doa kümmt de lesde«, sagte eine Stimme in meinem

Rücken. Ich wollte mich eben im Wasser herumwälzen, um den Urheber ausfindig zu machen, da verhakte sich etwas in meinem Kragen, hielt mich fest und zog mich seitwärts aus der Strömung.

Ich hing an einer langen Stange, und der sie mit routiniertem Griff einholte, war Jupp, der polizeilich gesuchte Josef Ante, dreiundfünfzig, untersetzt, schwerfällig wirkend. Allerdings in leichtfüßiger Gesellschaft, denn neben ihm auf dem kleinen Betonatoll zwischen zwei trockengefallenen Zuleitungsrohren wartete die ebenfalls zur Fahndung ausgeschriebene Bérénice Sterntaler, alias Stella Ducati, einssiebzig groß, schlank, anziehende Persönlichkeit.

Obwohl ihre Haare jetzt so kurzgeschoren waren, daß die Kopfhaut durchschimmerte, konnte ich letzteres nur bestätigen. Allerdings nicht aus voller Kehle, denn mein Mund war immer noch überklebt. Daß ich wieder Herr über meine Gliedmaßen war und den Pflasterstreifen also längst hätte abreißen können, nachdem er seinen Zweck erfüllt und beim Sturz verräterische Lautäußerungen unterbunden hatte, war mir nicht in den Sinn gekommen.

Erst als ich ausgepumpt in meiner Pfütze saß und über ein Glucksen und seehundhaftes Prusten nicht hinausgelangte, bemerkte ich das Versäumnis und befreite mich mit einem Ruck von meinem Sprachfehler.

»Petri Heil.«

»Petri dank«, nickte Jupp.

»Wurde auch höchste Zeit, daß wir dich rausziehen, Malte«, sagte Bérénice, »sonst hättest du dich untenrum noch verpuppt wie eine Nixe. Auf dem besten Wege zur Stromlinienförmigkeit bist du ja schon.«

Ich sah an mir herunter. Auf das triefnasse Salamandermuster meiner Jacke. Und darunter auf die triefnasse Gänsehaut vom Nabel bis zu den Zehenspitzen, denn meine Hose war ohne mich weitergeschwommen.

Bérénice kicherte wie ein Schulmädchen.

Dann klaubte sie mir das durchweichte Ahornblatt von der Stirn, strich es glatt und breitete es mit einer versöhnlichen Geste über die haarige Menschlichkeit, die unsereiner nun einmal am Leibe hat.

FRIEDER FAIST
Schattenspiele
Ein Krimi aus deutscher Provinz

Nebenrollen
Ein Schauspielerleben in deutscher Provinz

ROBERT GERNHARDT
Es gibt kein richtiges Leben im valschen
Humoresken aus unseren Kreisen

Gedanken zum Gedicht
Thesen zum Thema

Glück Glanz Ruhm
Erzählung Betrachtung Bericht

Hört, Hört!
Das WimS-Vorlesebuch
(zusammen mit F.W. Bernstein)

Ich Ich Ich
Roman

Kippfigur
Erzählungen

Körper in Cafés
Gedichte

Letzte Ölung
Ausgesuchte Satiren

Die Toscana-Therapie
Schauspiel in 19 Bildern

Was bleibt
Gedanken zur deutschsprachigen Literatur unserer Zeit

Was gibt's denn da zu lachen?
Kritik der Komiker – Kritik der Kritiker– Kritik der Komik

Wörtersee
Gedichte

PETER GREENAWAY
Der Koch, der Dieb, seine Frau und ihr Liebhaber
Drehbuch mit Farbfotos.
Deutsch von Michel Bodmer

GISBERT HAEFS
Freudige Ereignisse
Geschichten

Hannibal
Der Roman Karthagos

Das Doppelgrab in der Provence
Krimi

Mörder und Marder
Krimi

Und oben sitzt ein Rabe
Krimi

ECKHARD HENSCHEID
Da lacht das runde Leder
Sämtliche Fußball-Anekdoten

Dolce Madonna Bionda
Roman

Die drei Müllerssöhne
Märchen und Erzählungen

Franz Kafka verfilmt seinen ›Landarzt‹
Erzählung

Frau Killermann greift ein
Erzählungen und Bagatellen

Helmut Kohl
Biographie einer Jugend

Hoch lebe Erzbischof Paul Casimir Marcinkus!
Ausgewählte Satiren und Glossen

Kleine Trilogie der großen Zerwirrnis
Beim Fressen beim Fernsehen fällt der Vater dem Kartoffel aus dem Maul / Der Neger (Negerl) / Wir standen an offenen Gräbern

Maria Schnee
Eine Idylle

Roßmann, Roßmann . . .
Drei Kafka-Geschichten

Standardsituationen
Fußball-Dramen

Sudelblätter
Aufzeichnungen

TV-Zombies
Bilder und Charaktere
(zusammen mit F.W. Bernstein)

Was ist eigentlich der Herr Engholm für einer?
Ausgewählte Satiren und Glossen

Wie Max Horkheimer einmal sogar Adorno hereinlegte
Anekdoten über Fußball, Kritische Theorie, Hegel und Schach

Wie man eine Dame verräumt
Ausgewählte Satiren und Glossen

Wir standen an offenen Gräbern
120 Nachrufe

Die Wurstzurückgehlasserin
Sieben Erzählungen

WOLFGANG HILDESHEIMER
Der Drachenthron
Komödie in drei Akten

ULRICH HORSTMANN
Patzer
Roman

GEOFFREY HOUSEHOLD
Einzelgänger, männlich
Verfolgungs-Thriller. Deutsch von Michel Bodmer

NORBERT JOHANNIMLOH
Appelbaumchaussee
Erzählungen vom Großundstarkwerden

RICHARD KÄHLER
Teddy's Trends
Die abenteuerlichen Aufzeichnungen des jungen Teddy Hecht während der achtziger Jahre. Mit einem Vorwort von Eckhard Henscheid

DAN KAVANAGH
Duffy
Krimi.
Deutsch von Willi Winkler

Vor die Hunde gehen
Ein Duffy-Krimi.
Deutsch von Willi Winkler

EGBERT KIMM
Das Mörderquartett
Krimi

HERMANN KINDER
Die Böhmischen Schwestern
Roman

Du mußt nur die Laufrichtung ändern
Erzählungen

Ins Auge
Roman

Kina Kina
Eine Geschichte

Die klassische Sau
Das Handbuch der literarischen Hocherotik. Herausgegeben von Hermann Kinder

Liebe und Tod
25 schöne Geschichten von A bis Z

Der Schleiftrog
Ein Erziehungs-Roman

HANNS KNEIFEL
Angriff aus dem All
Raumpatrouille ORION I

Planet außer Kurs
Raumpatrouille ORION II

Die Hüter des Gesetzes
Raumpatrouille ORION III

Deserteure
Raumpatrouille ORION IV

Kampf um die Sonne
Raumpatrouille ORION V

Die Raumfalle
Raumpatrouille ORION VI

Invasion
Raumpatrouille ORION VII

Das brennende Labyrinth
Science-Fiction-Roman

CONNY LENS
Die Sonnenbrillenfrau
Ein Steeler-Straße-Krimi

Ottos Hobby
Ein Steeler-Straße-Krimi

AXEL MARQUARDT
Sämtliche Werke
Band 1: Die frühe Prosa

Standbein Spielbein
Gedichte

GERHARD MENSCHING
Der Bauch der schönen Schwarzen
Kriminalroman

E.T.A. Hoffmanns letzte Erzählung
Roman

Die Insel der sprechenden Tiere
Eine Ferienabenteuergeschichte. Mit sprechenden Bildern von Nikolaus Heidelbach

Löwe in Aspik
Ein lustvoller Roman

Rotkäppchen und der Schwan
Drei erotische Humoresken

Die violetten Briefe
Drei kriminelle Novellen

KLAUS MODICK
Moos
Die nachgelassenen Blätter des Botanikers Lukas Ohlburg

WOLF v. NIEBELSCHÜTZ
Auch ich in Arkadien
Respektlose Epistel an die Freunde. Mit einer Nachbemerkung von Ilse v. Niebelschütz und sieben arkadischen Bildern von Irene v. Treskow

Der Blaue Kammerherr
Galanter Roman in 4 Bänden:
1. Der Botschafter der Republik
2. Der Reichsgraf zu Weißenstein
3. Der Herzog von Scheria
4. Die Bürgerin Valente

Die Kinder der Finsternis
Roman

FLANN O'BRIEN
In Schwimmen-zwei-Vögel oder Sweeny auf den Bäumen
Roman.
Vollständig neu übersetzt von Helmut Mennicken und Harry Rowohlt

Trost und Rat
Geschichten und Gedanken.
Ausgesucht und übersetzt von Harry Rowohlt

DOROTHY PARKER
Close Harmony oder Die liebe Familie
Schauspiel

Die Geschlechter
New Yorker Geschichten

Ladies im Hotel
Schauspiel

Eine starke Blondine
New Yorker Geschichten

HANS PLESCHINSKI
Gabi Lenz
Werden und Wollen.
Ein Dokument

Der Holzvulkan
Bericht einer Biographie

Nach Ägyppten
Ein moderner Roman

Pest und Moor
Ein Nachtlicht

GERHARD POLT & HANNS CHRISTIAN MÜLLER
Der Bürgermeister von Moskau
Drehbuch mit Fotos

Da schau her
Alle alltäglichen Geschichten.
Mit Zeichnungen von Reiner Zimnik und vielen Fotos

Ja mei...
Neue und umfassende alltägliche Geschichten. Mit Zeichnungen von Volker Kriegel und vielen farbigen Fotos

man spricht deutsh
Drehbuch mit Fotos

Wirtshausgespräche
Drei längere Stücke.
Mit Zeichnungen von Reiner Zimnik

WALTER E. RICHARTZ
Schöne neue Welt der Tiere
Zweiundfünfzig Tiergeschichten.
Mit neun Tierbildern von Tatjana Hauptmann

Vom Äußersten
Letzte Erzählungen.
Mit einer Grabrede von Hans-Jürgen Fröhlich und einer Erinnerung von Uwe Herms

WERNER RIEGEL
. . .beladen mit Sendung, Dichter und armes Schwein
Herausgegeben von Peter Rühmkorf.
Mit Fotos, Dokumenten, Faksimiles

PETER RÜHMKORF
Selbst III/88
Aus der Fassung
Das Gedicht »Mit den Jahren... Selbst III/88« in allen Zuständen und Vorformen

Kleine Fleckenkunde
Lyrische Klecksographie

Werner Riegel . . .beladen mit Sendung, Dichter und armes Schwein
Herausgegeben von Peter Rühmkorf.
Mit Fotos, Dokumenten, Faksimiles

MICHAEL RUTSCHKY
Reise durch das Ungeschick
und andere Meisterstücke

Was man zum Leben wissen muß
Ein Vademecum. Mit 25 Zeichnungen von F.W. Bernstein

ARNO SCHMIDT
Arno Schmidts Wundertüte
Eine Sammlung fiktiver Briefe

Atheist ? : Allerdings !
Ein Pamphlet

»Bargfelder Ausgabe«
Werkgruppe I: Romane, Erzählungen, Gedichte, Juvenilia in vier Bänden
Werkgruppe II: Dialoge in drei Bänden

...denn "wallflower" heißt »Goldlack«
Drei Dialoge

Deutsches Elend
13 Erklärungen zur Lage der Nationen

Eberhard Schlotter – Das zweite Programm
Zehn Szenen zu einem Triptychon

»Fiorituren & Pralltriller«
Randbemerkungen zu »Caliban über Setebos«

Fouqué und einige seiner Zeitgenossen
Biographischer Versuch

Griechisches Feuer
13 historische Skizzen

Julia, oder die Gemälde
Scenen aus dem Novecento

Das Leptothe=Herz
16 Erklärungen zur Lage der Literaturen

Nobodaddy's Kinder
Aus dem Leben eines Fauns – Brand's Haide – Schwarze Spiegel

Stürenburg-Geschichten
12 Erzählungen

Zweite Zürcher Kassette
Das essayistische Werk zur deutschen Literatur

UVE SCHMIDT
Die Russen kommen
Roman

KARLA SCHNEIDER
Der Knabenkrautgarten
Liebes- und Abenteuergeschichten

MARGIT SCHREINER
Mein erster Neger
Afrikanische Erinnerungen

Die Rosen des Heiligen Benedikt
Liebes- und Haßgeschichten

FRITZ SENN
Nichts gegen Joyce
Joyce versus Nothing.
Aufsätze 1959–1983

VLADIMIR SOROKIN
Die Schlange
Roman

CHRISTOF STÄHLIN
Der Dandy
Monologe und Erzählungen.
Mit Handzeichnungen von Dorothee v. Harsdorf

RAINER STEPHAN
Der Bayerisch-Österreichische Krieg 1987
Ein Bericht

AL STRONG
Whisky Weiber Pokerface
Drei wüste wilde Westernstories

ACHIM SZYMANSKI
Halt durch, Steffi!
Ein bewegender Schicksalsroman

HELLA-DORE TIETJEN
. . .und sie verpfuschten mir mein Leben
Eine Abrechnung

REINHARD UMBACH
Das große Buch der Bauernregeln
Handreichungen zur Zeit.
Mit Bildern von Carsten Hildebrandt

JOSEPH v.WESTPHALEN
Moderne Zeiten I & II
Blätter zur Pflege der Urteilskraft

Warum ich Monarchist geworden bin
Zwei Dutzend Entrüstungen

Warum ich Terrorist geworden bin
Ein Pamphlet

Warum ich trotzdem Seitensprünge mache
Fünfundzwanzig neue Entrüstungen

HARALD WIESER
Von Masken und Menschen I
Portraits und Polemiken

Von Masken und Menschen II
Essays und Affairen

ROR WOLF
Das nächste Spiel ist immer das schwerste
Alte und neue Fußballspiele

Hans Waldmanns Abenteuer
Sämtliche Moritaten von Raoul Tranchirer.
Mit Collagen des Verfassers

Raoul Tranchirers Mitteilungen an Ratlose
Ein Ratschläger

UWE WOLFF
Der Ewige Deutsche
Eine Geschichte aus jugendbewegten Zeiten

HANS WOLLSCHLÄGER
Herzgewächse oder Der Fall Adams
Fragmentarische Biographik in unzufälligen Makulaturblättern.
Erstes Buch

In diesen geistfernen Zeiten
Konzertante Noten zur Lage der Dichter und Denker für deren Volk

»Tiere sehen dich an« oder Das Potential Mengele
Essay

Von Sternen und Schnuppen
Bei Gelegenheit einiger Bücher.
Rezensionen und Zensuren

DIETER E. ZIMMER
Die Elektrifizierung der Sprache
Über Sprechen, Schreiben, Computer, Gehirne und Geist

Experimente des Lebens
Wilde Kinder, Zwillinge, Kibbuzniks und andere aufschlußreiche Wesen

Redens Arten
Über Trends und Tollheiten im neudeutschen Sprachgebrauch

So kommt der Mensch zur Sprache
Über Spracherwerb, Sprachentstehung, Sprache & Denken